重庆市丰都县青年创业支持项目

家即远方

——重庆丰都青年返乡创业叙事

冉利军　李海燕　著

四川大学出版社
SICHUAN UNIVERSITY PRESS

图书在版编目（CIP）数据

家即远方：重庆丰都青年返乡创业叙事 / 冉利军，
李海燕著. — 成都：四川大学出版社，2023.2
ISBN 978-7-5690-5340-1

Ⅰ. ①家… Ⅱ. ①冉… ②李… Ⅲ. ①新闻报道—作
品集—中国—当代 Ⅳ. ① I253

中国版本图书馆 CIP 数据核字（2022）第 012918 号

书　　名：家即远方——重庆丰都青年返乡创业叙事
　　　　　Jia Ji Yuanfang——Chongqing Fengdu Qingnian Fanxiang Chuangye Xushi
著　　者：冉利军　李海燕

选题策划：曾　鑫
责任编辑：曾　鑫
责任校对：孙滨蓉
装帧设计：墨创文化
责任印制：王　炜

出版发行：四川大学出版社有限责任公司
　　　　　地址：成都市一环路南一段 24 号（610065）
　　　　　电话：（028）85408311（发行部）、85400276（总编室）
　　　　　电子邮箱：scupress@vip.163.com
　　　　　网址：https://press.scu.edu.cn
印前制作：四川胜翔数码印务设计有限公司
印刷装订：四川省平轩印务有限公司

成品尺寸：170 mm×240 mm
印　　张：11
插　　页：10
字　　数：212 千字

版　　次：2023 年 2 月 第 1 版
印　　次：2023 年 2 月 第 1 次印刷
定　　价：59.00 元

扫码查看数字版

四川大学出版社
微信公众号

谢迎春

"95后"返乡创业新势力
梨地坪夏日好去处，晚熟的瑞源2号甜又脆
重庆市丰都县南天湖镇梨地坪村种桃人

孙 祥

走南闯北与桃子结下缘分的行者孙
来自海拔1千米的丰都县仙女湖镇山蹬坡苹果桃

秦 江

种着心爱的小枇杷，做个快乐的农夫
丰都县树人镇石岭岗村的优质枇杷果园

李治君

种植红心柚的"科技咖"
丰都红心柚，国家地理标志，全国名特优新农产品

周　江

归家创业的游子　无公害九叶青花椒
丰都县保合镇金盘村

李靖烨

敢想敢闯，敢作敢当的年轻村支书
打造纯天然高品质花椒品牌

李　柏

带领家乡人一同致富的返乡大学生
双龙镇关都坝村

朱小明

重振家乡土地新生机
江池镇观塘村

向剑平

家乡情怀践行者
龙河镇中合场村

毛　进

风车下种出漫山的"仿野生种植"
中药材的先行者
暨龙镇凤来村

罗大林

传承古法，手工慢熬，制成"东方巧克力"
社坛镇陈家岩村

林世荣

丰都榨菜产业化种植经营领军人物
解决小农户从种到销的问题
社坛镇平安村

蔡胜余

为了家庭回乡经营榨菜产业的斜杠青年
仁沙镇杭家坪村

范红容

严格把控工艺流程，制作自然风干萝卜
龙河镇洞庄坪村的萝卜西施

李世荣

猪场自繁自养，种养结合尝试
农业可持续发展
南天湖镇梨地坪村

孙 军

生猪养殖界的颜值担当，将科学
集约化养殖进行到底
十直镇十字村

付许锋

种养一体养猪大户，传播科学养殖技术，服务小农共同致富
仁沙镇杭家坪村

谭正华

自繁自养商品猪，同时多领域尝试的"好奇星人"
南天湖镇梨地坪村

杨金红

江湖上流传着一位养鱼人的传说；
好山好水，养好鱼的山谷侠客
树人镇石岭岗村

李明海

从事水产养殖 16 年的专家，
坚持养殖好肉质"瘦身草鱼"
丰都县暨龙镇九龙泉村

杨 梅

丰都县虎威镇"绿壳蛋鸡"霸气当家人

熊 勇

"嫩滑不腻嘴"，生态养殖汶水芦花鸡
三建乡夜力坪村

郎红军

懂技术、会经营、乐奉献的
"新农人"
江池镇洋村

周　波

走遍当地果园的新农资人
以服务带动销售
三合街道滨江东路

谭克琼

三头六臂的乡间蔬菜供应商，将新模式新资讯带进乡村
丰都县龙河镇

廖丽娟

让农村电商在家乡生根发芽开出花
三建乡廖家坝村

张晓茜

一位小姐姐"开荒南野际，守拙归
田园"，"山涧小院"
一个有人情味的民宿果园
双路镇莲花洞村

程建波

茶元海山白酒酿酒技艺传承人
丰都县武平镇

胡峰境

爱冒险的 90 后，把民宿开到云雾上
南天湖镇三汇村"聆居"民宿主理人

刘航飞

都督乡的情怀践行者，传播家乡建筑文化
为都督产品代言

　　丰都县位于长江上游地区、重庆市东部，地处三峡库区腹心。境内 47 公里长江黄金水道可通行万吨级邮轮，龙河、渠溪河、碧溪河奔流不息。七曜山、方斗山等山脉层峦叠翠，全县森林覆盖率达 51.5%。

　　丰都古为巴子别都，公元 90 年置县，1958 年周恩来总理将"酆都"更名为"丰都"，取意"丰收之都"。东汉时期，丰都成为道家七十二福地之第四十五福地，"鬼城"名扬天下，以"惩恶扬善、唯善呈和"为特质的上善文化传承千年。

重庆丰都青年创业支持项目，由汇丰银行（中国）有限公司资助，四川海惠助贫服务中心执行，丰都县农业农村委员会、重庆丰都汇丰村镇银行共同协助支持。项目以当地的创业青年、致富带头人为切入点，通过提升他们的经营能力，传递服务乡村。促进乡村振兴的意识，更大地发挥他们在当地的引领作用，激励小农户，为乡村带去活力。

　　项目通过动员招募、路演选拔，最终确认 30 位涉农青年创业者参与项目。项目期内，已开展主题培训 10 场，培训 327 人次，专题外出交流访问 4 次，46 人次参与，各领域专家实地 1 对 1 辅导 5 次，服务 52 人次。我们期望，这些农村新青年可以在家乡大展宏图，不仅是为自己，更是为乡亲、为这片乡村带去新的生机。

序

习近平总书记在 2021 年底的"三农"工作专题会议上指出，乡村振兴的前提是巩固脱贫攻坚成果，要持续抓紧抓好，让脱贫群众生活更上一层楼。《乡村振兴促进法》的出台，在总结多年"三农"发展实践及扶贫经验的基础上，为实现巩固脱贫攻坚成果与乡村振兴的有效衔接提供了有力的法治保障和政策框架。在此基础上，各部门、各级地方政府也基于我国农业农村产业发展多元化的结构特点及地方资源禀赋差异，制定出台了一系列有针对性的政策制度体系。具体到微观层面，各类社会力量加快下乡，乡村的各类经济主体进一步多元化，政、企、社、学合作助力乡村振兴的局面已初步形成。

本书汇总了由汇丰银行资助，四川海惠助贫服务中心和丰都县农业农村委员会合作实施的"丰都青年创业支持项目"的 30 位涉农创业人员的生动故事。从这 30 位创业者朴素的口述经历及感受中，读者可以了解到这些经过严格遴选的涉农初创期青年，在接受了社会组织的项目资金扶持、周转金支持、理论培训、参访观摩、专家结对帮扶后，创业视野明显得到拓宽，自身的创新创业热情进一步得到激发，所从事创业项目的经营管理水平也得到不同程度提升。从对当地经济发展的外溢效应的角度看，这部分创业群体的努力不仅带动了创业者和相关联农户的增收致富，更促进了当地农业产业的发展。丰都青年农村创业者这些积极的变化令人欣慰！社会组织与地方政府农委的合作已初见成效。相信随着返乡创业群体逐步壮大，随着他们扎根乡村，并在帮扶下快速成长为懂经营、善管理、思想开放的乡村振兴"带头人"，将为促进我国乡村产业高质量发展提供坚实的人才支撑和智力保障。

与此同时，重庆丰都 30 位接受帮扶的返乡创业者在创业过程中所遇到的问题和困难非常值得关注：一是农村基础设施建设及公共服务供给的短板；二是创业及扩大再生产所面临的融资难问题；三是农村劳动力短缺掣肘产业发展的问题。返乡农业创业群体所面临的这三个共性问题和困难无疑也是我国在推动农业农村现代化过程中亟待解决的关键性问题。这些问题的解决不仅关系着返乡创业者创业项目的发展及前景，更涉及农业、农村发展的基础设施和市场环境的改善，关系农业农村可持续发展基础的稳固。

要破解这三个关键性难题，需要从改进和完善乡村治理，提升农村基础设施和基本公共服务条件出发，构建现代化乡村经济生态系统，需要政府职能部门、金融机构、企业及社会组织多方共同参与，协同合作。

首先，政府在农村基础设施和公共服务供给方面的作用不可替代。在农村道路、供水、供电、信息化等"硬件"基础设施领域，以及农业技术服务、农村教育等"软件"基础设施方面，政府部门仍需进一步加大投入，并探讨高效供给的模式。通过健全市场化供给机制，充分把握现阶段城乡技术、资本、人才等要素流动性增强的势头，采取特许经营、公建民营、民办公助等方式，围绕农业科技创新、基础设施建设、农业新型服务等领域，强化政府与市场合作，更好地满足乡村振兴多样化需求。可以考虑推广借鉴沿海省份，如广东的现代农业服务业联盟先进经验。发挥省级政府在农业生产托管及规模化农业经营服务体系构建方面的主导地位、动员能力和财力，精准使用补贴资金，将分散化的农业生产服务能力组织整合起来。

其次，要解决当前乡村振兴金融服务存在的信贷投放不均衡、产品匹配度不足、农村信用体系建设不完备等问题，金融监管部门应继续致力于构建激励机制以推动相关金融机构提升涉农金融服务水平，创新涉农金融产品和服务方式，提升农村信贷供给与需求的适配性。应以推动地方优势特色产业发展为抓手，针对农户金融需求数额小、周期短、分散化且缺乏实物抵押品的特点，更多发挥金融科技作用，通过搭建平台和场景，强化数字化服务手段，为农户提供所需的金融服务，将金融活水引到田间地头。

最后，通过提升农业机械化、智能化水平，以提高生产率应对我国农村普遍存在的结构性劳动力短缺问题。机械化和智能化结合，正是我国未来农业包括农机装备发力的方向。而新技术、新装备的应用，也必然催生大量新型农民。本书的丰都青年创业者中就有采用规模化机耕，并正在摸索农产品加工机械设计的创业者。

乡村振兴的两个关键：一个是人才振兴，一个是产业振兴。只有形成了政府政策支持引导、企业及社会资本投入、社会组织帮扶的协同效应，才能吸引更多的人才加入到农业农村现代化的进程中，真正让农业成为有奔头的产业，让农民成为有吸引力的职业，让乡村成为安居乐业的美丽家园。

王冬胜

香港上海汇丰银行有限公司主席

全国政协农业和农村委员会副主任

2022 年 2 月

序

全面建设社会主义现代化国家，实现中华民族伟大复兴，最艰巨最繁重的任务依然在农村。国家全面推进乡村振兴，就是为了补齐"三农（农业、农民和农村）"这块短板，而乡村振兴的关键则是人才。习近平总书记指出，要推动乡村人才振兴，把人力资本开发放在首要位置，强化乡村振兴人才支撑，加快培育新型农业经营主体，让愿意留在乡村、建设家乡的人留得安心，让愿意上山下乡、回报乡村的人更有信心，激励各类人才在农村广阔天地大施所能、大展才华、大显身手。

由汇丰银行支持海惠实施的"丰都青年创业支持项目"于2019年7月正式启动，在当地农业农村委的大力支持下，丰都项目顺利推进。3年来，项目开展调研走访7次，主题培训12场，培训369人次，专题外出交流访问5次，58人次参与，各领域专家实地调研辅导5次，服务52人次。项目向10位农友提供了周转金支持，支持他们应对季节性投入时期的挑战，平稳地度过现金流短缺的危机；向10位农友提供市场链接及产业推广支持，推动他们设计制作了自己的品牌、包装、小程序、宣传片，在市场上更好地推广传播自己的产品。

通过走入丰都的这2年多，我们认识了30位在农村打拼、奋斗的青年朋友。他们有老一辈人的坚毅、勤劳，更有新一代农人的闯劲和视野。他们不仅仅看到当下自己的产业，更希望用自己的力量影响其他年轻人，推动自己家乡的发展，让农村能继续保有活力。因为他们的回乡，造就了更多的就业岗位，据统计，30个项目青年全年能雇用固定用工238人，季节性用工567人，带动小农户1218人从事种养殖业。同时，他们也创造了更多农业产业链发展的机遇，农友们在尝试深加工产品的开发，在尝试山地农业机械化的运用，在尝试引进新技术新科技服务于农业生产管理，在尝试让农村和城市一样生活便利的同时，又有一份乡野的惬意。这本书记录了30位选择返乡从事农业的朋友的故事，他们是新时代中一群农人的代表，他们的故事也展现了现在山地农业发展的现状，期待各位读者可以从他们的故事中看到农业的不易，看到农业的

1

潜力，也对农业、农村的发展尤其是身在其中的农民有更多的关注和期待。

乡村振兴，关键在"人"，海惠也一直相信人的力量，相信发展、相信改变，我们始终愿意与农友们一起努力，建设宜居、宜业的幸福美丽乡村！

四川海惠助贫服务中心

围绕区域特色农业产业
多元化培育乡村创新创业人才

丰都地处三峡库区腹心、重庆地理中心，物华天宝、资源丰富，拥有得天独厚的区位优势和资源优势。全县面积 2900 余平方公里，耕地面积 118 万亩。辖 30 个乡镇（街道）、330 个行政村（居），其中涉农行政村（社）312 个。总人口约 85 万，其中农业人口 56.6 万。

近年来，丰都立足"全市农产品主产区、特色农牧产业基地"定位，坚持"质量兴农、绿色兴农、品牌强农"发展理念，围绕"引大龙头 带大产业 推大扶贫 促大振兴"思路，培育壮大以畜禽为重点的"1+4+X"现代山地特色高效农业，提速建设全市畜禽产业基地，加快构建农村一二三产业融合发展体制机制，奋力推动产业兴旺、乡村振兴。先后培育引进恒都农业、光明食品、华裕农科、德青源、温氏集团、农投集团、东方希望等 7 家国家级农业龙头企业，提质牛产业、增量鸡产业、恢复猪产业。在 7 家国家级龙头企业的强力带动下，全县构建起 60 家县级以上农业龙头企业、1969 家农民合作社、1049 个家庭农场的产业发展生力军，实施全产业链带动，全县 15.3 万户农户参与产业发展，推动土地流转 45.5 万亩，实现了小农户与大产业的有机融合。累计发展红心柚 7.5 万亩、榨菜 22 万亩、花椒 7.7 万亩、生态渔业 3.5 万亩。同时，因地制宜发展柑橘 8.5 万亩、桃李 5 万亩、中药材 3.32 万亩、龙眼 3 万亩、烤烟 1.6 万亩。打造国际商标 2 个，获得出口备案产品 10 个、中国地理标志商标 13 件、国家级奖项 13 项，"三品一标"认证 139 个，成功创建国家农业科技园区、3 个（肉牛、榨菜、藠头）国家级出口食品农产品质量安全示范区、2 个市级特色农产品优势区、市级现代农业产业园，成功申报创建国家农产品质量安全县和国家农业产业强镇，丰都红心柚荣获中国果品百强品牌，丰都红心柚、丰都锦橙纳入全国名特优新农产品目录，丰都肉牛进入中国农业品牌目录农产品区域公用品牌，丰都荣获中国优质红心柚之乡、全国有机农业示范基地、全国花椒 GAP 示范基地、国家级烟叶基地单元等殊荣，农村常住居民人均可支配收入增速连续 5 年居全市前 3 位。

　　乡村振兴，关键在人。为深入贯彻落实习近平总书记关于推动乡村人才振兴的重要指示精神，落实党中央、国务院有关决策部署，促进各类人才投身乡村建设，汇丰银行资助，四川海惠助贫服务中心和丰都县农业与农村委员会启动实施了"丰都青年创业支持项目"。严格按照项目建设要求遴选30位涉农初创期人员，通过资金扶持、周转金支持、理论培训、参访观摩、专家结对帮扶等系列措施，30位学员拓宽了视野，激发了创新创业热情，提升了经营管理水平，促进了自身产业发展，带动了当地农户增收致富，达到了项目预期效果。

　　丰都县农业农村委第一次与公益机构合作实施项目，四川海惠助贫中心高素质的工作团队、严谨务实的作风、吃苦耐劳的精神都给我们留下深刻的印象。党的十九大报告提出实施乡村振兴战略，大学生、退役军人、农民工选择返乡创业逐渐增多。党的二十大报告提出全面推进乡村振兴，希望更多的企业、公益机构等社会力量参与乡村振兴行动，多渠道培育乡村振兴人才，让农业成为有奔头的产业，让农民成为有吸引力的职业，让乡村成为安居乐业的美丽家园。

丰都县农业农村委员会

前　　言

　　青年创业，是一种持久的社会现象；创业青年，是一类有活力的社会群体。在国家政策的引导与支持下，青年返乡创业连接着远方与家乡，成为促进城乡融合发展的重要机制。在脱贫攻坚和乡村振兴战略实施过程中，返乡创业青年常常发挥着致富带头人作用，促进乡村产业发展。2019 年，为助推乡村振兴战略的落地落实，四川海惠助贫服务中心（以下简称"海惠"）开始在重庆市丰都县实施青年创业支持项目。该项目聚焦返乡创业青年，力图为创业青年提供多元化的学习机会和社会支持，以提高青年自身发展与农户带动能力，推动青年创业所在地的产业振兴，促进乡村可持续发展。本书基于项目入选青年的口述访谈，记录其返乡创业故事，呈现多重创业叙事，为了解当代中国社会的返乡创业实践提供一个窗口。

一、家乡作为一种创业情境

　　从大背景来看，改革开放以来，以乡镇企业异军突起为起点的中国乡村创业，经历了"脱农"（1978—1992 年）、"离村"（1992—2006 年）到逐渐"回乡"（2007 至今）三个阶段的历史演变。[①] 返乡创业正是当前社会实践和理论研究的一个热点领域。创业理论发展先后经历了以创业者特征（1959—1989年）、创业战略（1990—1999 年）、创业资源（2000—2009 年）和创业情境（2010—2018 年）为主导主题的四个发展阶段。[②] 在当前正盛行的创业情境研究中，主要关注的是制度情境、市场情境对创业机会、创业资源获取的影响。从创业情境视角来看，返乡创业一个不可忽视的情境则是"家乡"。在中国社会，"家乡"这一创业情境，对创业机会、创业资源获取的影响方式和程度，

[①]　庄晋财、尹金承、庄子悦：《改革开放以来乡村创业的演变轨迹及未来展望》，《农业经济问题》2019 年第 7 期。

[②]　蔡莉、于海晶、杨亚倩、卢珊：《创业理论回顾与展望》，《外国经济与管理》2019 年第 12 期。

不同于上述的制度情境和市场情境。对于返乡创业来说，"家乡"作为一种社会情境，可以成为与制度情境、市场情境并列的第三大重要情境。创业者"家乡"的社会结构、关系网络、文化观念、地方资源、行动逻辑等，对创业行业选择、创业战略的选取、创业资源的获取都有重要影响，家乡这种社会情境对创业过程的影响是全方位、深层次、长期性的。其中，家庭的人力资本、经济基础、社会关系、文化观念对返乡创业实践具有直接影响。

首先，家庭资本对创业有直接支持作用。家庭资本可分为家庭经济资本、家庭文化资本和家庭社会资本。陈昕苗等通过对浙江省乡村创业数据的实证分析，发现"家庭资本对创业绩效的影响最大，其次是社会网络，影响较小的是创业政策"[1]。乡土文化中，亲缘网络所具有的高互信、高承诺、高互惠的特点使这一网络及嵌入其中的资源对企业的生成和发展具有独特的促进作用，家庭资本的作用尤为突出。甘宇等在分析三峡库区返乡农民工创业家庭生计策略转换的影响因素时发现，家庭年总收入、家庭劳动力数量、是否担任村干部等指标因素对选择"创业型生计策略"有显著影响。[2] 张环宙等通过实证分析认为"亲缘网络"对农民乡村旅游创业意愿有正面影响。[3]"乡村创业有其地域特殊性，受'家族文化'和乡土情结的影响，返乡创业大学生在创业中可能更多从事涉农行业，采用家族支持和家族治理模式等，而家庭资本也可以优先为返乡创业者'绑定'资金。"[4]

其次，家庭本位文化促进青年返乡创业。有研究认为，在家庭本位的驱使下，返乡创业的目的在于照顾到家人，并使家庭过上好日子。[5] 青年返乡创业有两种实践类型[6]：一是家庭本位驱动下的生活导向型返乡创业。生活导向型返乡创业凸显的是青年对包括家庭生活完整性、居住空间舒适性、社会交往可得性、自我认同归一性等在内的整体性生活体验的追求。这一类型的创业中，

① 陈昕苗、程德兴：《家庭资本、社会网络及创业政策对大学生返乡创业绩效的影响——基于浙江省乡村创业调查数据的多元回归分析》，《青少年研究与实践》2019 年第 3 期。
② 甘宇、胡小平：《返乡创业农民工家庭生计策略转换》，《华南农业大学学报（社会科学版）》2019 年第 5 期。
③ 张环宙、李秋成、黄祖辉：《亲缘网络对农民乡村旅游创业意愿的影响——基于浙江浦江农户样本实证》，《地理科学》2019 年第 11 期。
④ 陈昕苗、程德兴：《家庭资本、社会网络及创业政策对大学生返乡创业绩效的影响——基于浙江省乡村创业调查数据的多元回归分析》，《青少年研究与实践》2019 年第 3 期。
⑤ 林龙飞：《青年返乡创业的内隐逻辑——基于个人意义构建视角的多案例研究》，《中国青年研究》2019 年第 10 期。
⑥ 毛一敬：《乡村振兴背景下青年返乡创业的基础、类型与功能》，《农林经济管理学报》2021 年第 1 期。

"家庭"因素是返乡创业的直接考虑因素。二是自我实现驱动下的兴趣导向型返乡创业。兴趣导向型返乡创业是青年将个人兴趣与个人未来发展规划相结合，通过返乡创业实践个人兴趣实现自我价值的过程。这类创业者返乡而不返村，返乡的意义在于地域文化、语言和社会资本的便通性。农村青年的生产生活虽然脱离乡村，但对村庄社会有着天然的亲切感，这也是"家乡"对创业提供的一种社会文化支持。有人创业是为了谋利，有人创业是为了过一种理想的生活，这在乡村民宿创业者中表现得较为明显。吴琳等通过实证分析发现"'追求生活'是我国乡村民宿创客中最主要的创业动机，希望提高生活品质、追寻内心的满足感是他们重要的创业动力源"[①]。他们也指出中国情境下乡村民宿创客受到了"本地人—外地人"的二元情境影响，因中国特殊的城乡二元结构，"外地人"和"本地人"的户籍差异是否会导致民宿创客的创业行为差异也有待深入研究。这也说明"家乡"作为一种创业情境，无论其创业动机是谋利还是享受生活，都是需要郑重对待的一个变量。

最后，返乡创业可能只是一种家庭生计。当代中国社会中，农民生计一般有务农为主型生计和务工为主型生计两种，近年来出现一种创业型生计。[②] 从创业层次来看，创业也可分为生存型创业和发展型创业[③]，对于家庭生计来说就是求生存和谋发展。其实，"什么是创业"是一个需要厘清与界定的问题。通常来讲，创业相对于雇佣职业来说，具有更强的自主性。但非雇佣职业者，如自雇者也并非就是创业者。对于农民工来说，创业不同于"打工"，也不同于打零工，但对于那些做包工的人呢？包工头往往具有相对固定的工程人员，承揽业务并管理，这种包工头是创业吗？外出打工的人，他们返乡独立谋生，就可算是一种返乡创业吗？贺雪峰认为当前农民工返乡创业存在另一种逻辑：进城务工的确定性工资不能够支撑农民家庭进入城市体面生活，促使其冒险进入返乡创业这一高风险高收入的行动之中，返乡创业以争得入城定居的条件。[④] 在贺雪峰看来，在21世纪第二个十年中的农民工，进城体面安居是目的，返乡创业是手段，回乡务农是退路。不过，另外有研究认为，能随时进城务工，也正是青年创业者的退路和底气，他们常说的就是"创业失败了，大不

---

① 吴琳、吴文智、牛嘉仪、冯学钢：《生意还是生活？——乡村民宿创客的创业动机与创业绩效感知研究》，《旅游学刊》2020年第8期。
② 甘宇、胡小平：《返乡创业农民工家庭生计策略转换》，《华南农业大学学报（社会科学版）》2019年第5期。
③ 李俊：《从生存到发展：转型时期农民工城市创业研究》，北京：中国经济出版社，2017年。
④ 贺雪峰：《农民工返乡创业的逻辑与风险》，《求索》2020年第2期。

了又出去打工"①。陈文超在分析返乡创业者在外出打工与返乡创业的选择机制时，提出"劳动—生活均衡"的分析模型，认为返乡创业者的外出与返乡都是在不同条件下受社会文化影响下的理性选择，以维持劳动与生活的平衡。②

从以上三个方面我们可以看到，家庭资本、家庭本位观念以及家庭生计策略等对创业动机、创业绩效都有直接影响，说明家乡作为一种社会情境，特别是家庭对返乡创业具有重要影响。本书认为，"家乡"是一个创业场域，是一种创业情境，其中的行动者、资源资本、权力关系、社会经济效益等都在一定程度上受到中国社会"家"的社会文化观念影响。在这个意义上说，"返乡创业"是一种社会现象描述，而"家乡创业"则是一个值得发掘的理论概念。但是，以上这些研究主要是从经济学、社会学方面，将"家庭"相关指标作为一个影响因素进行创业分析，而没有从整体上分析家庭、家乡对创业的影响机制。返乡创业仅仅是他们的一个研究对象，而没有着重分析"家乡"可能蕴含的社会文化意涵，以及其对创业的复杂影响。正因如此，本书通过对正在创业的创业者进行口述访谈，呈现原始的、复杂的创业叙事文本，对于我们理解返乡创业实践具有独特意义。

二、口述访谈与创业叙事

"口述史"作为一种理论和方法，近年来在历史学、社会学、人类学中越来越受到重视。历史学中，"口述史"获得的口述材料，对文献材料是一个补充，尤其是在近现代史、当代史研究中发挥重要作用；人类学中，"口述史"也是了解田野中人物的人生史的重要方法。然而，"口述史"一个备受质疑的问题就是，口述材料是否具有足够的真实性。口述材料与文献相结合是历史学面对此问题的一个解决方向；人类学则更加关注被访谈者为什么这么说、这么表达，而并不纠结于口述材料是否足够真实，也就是说重点在于理解被访谈者如此表达、如此叙事背后的社会文化意义。

那么，"口述史"一定是"史"吗？"口述史"一定是关于过去所经历事情的记忆与表达吗？对当下生活的访谈、记录能否作为一种"口述史"呢？这涉及史观，在此不深谈。但"口述史"作为一种方法，是完全可以用以记录当下

① 毛一敬：《乡村振兴背景下青年返乡创业的基础、类型与功能》，《农林经济管理学报》2021年第1期。
② 陈文超：《劳动—生活均衡：返乡创业者的选择机制》，北京：社会科学文献出版社，2016年。

生活的。本书就是采用"口述史"方法来对创业者的创业进行深度访谈和记录。在人类学看来，不论创业者着重突出的是哪一方面，也不论其具有多大的真实性，在访谈者与创业者的访谈与口述过程中，呈现出的口述文本，实则是一种创业叙事。创业叙事过程，也是创业者不断回忆、反思创业经历，并对未来进行展望和期许的过程。在这种创业叙事过程中，也能增加对自身创业身份的认同和对创业群体的认同。

　　本书只呈现创业叙事，而未做进一步的创业叙事研究。[①]"获得叙事很容易，但解读它、作出有叙事意味的社会学研究则需要深厚的理论功底和对日常生活逻辑的体悟。在讲述者不经意的笑声中读出宏大叙事的余音，在琐碎苦难的讲述中触摸国家的生长轨迹，在抗争者和摆平者的故事中读懂他们共享的文化资源，在事件的记录中找寻历史的脉络，这些搭设在微观与宏观之间的桥梁建立在研究者对符号权力、国家建设、文化理论、权力形式的把握之上。"[②]所以，这里有必要交代一下创业者"讲故事"的背景与情境。2020 年 5 月18—22 日、6 月 14—19 日，本书作者之一李海燕跟随海惠项目团队，实地走访了 30 个创业项目所在地，并对创业者进行了初步访谈，使我们对创业者和创业项目有了直观了解。2020 年 10 月、2021 年 3 月，两位作者分工完成了对30 名创业者的深度访谈。访谈时间一般在 1 个小时左右，访谈者没有标准化的访谈提纲，主要从创业者职业经历、创业缘起与发展、创业困难、创业支持等几个方面引导创业者自主口述。由于疫情和时间限制，部分创业者深度访谈以电话访谈形式进行。另外，需要说明的是，访谈者是作为海惠委托的口述项目人员进行联系与访谈，各项工作得到了创业者们的积极支持与配合。而且，我们两位访谈者也是丰都人，与创业者们是老乡，访谈交流更为亲切、晓畅。本书呈现的创业叙事文本，根据访谈录音或笔记，以创业者第一人称的口吻整理而成。为了更好地呈现创业叙事情景，在不影响理解的前提下，文本整理时尽量保留了口述现场的节奏、语感和方言。因而所获得的叙事文本具有口语化特点，也主要反映创业者当时的状态和想法。由于项目时间要求，口述访谈并非在海惠项目结束后进行，因此海惠后续提供的支持与帮助在文本中没有得到反映。不过，本书主要目的不是反映海惠项目的支持与效果，而是通过记录创

---

　　① 　参见：王辉：《创业叙事研究：内涵、特征与方法——与实证研究的比较》，《上海对外经贸大学学报》2015 年第 1 期；张慧玉、程乐：《创业叙事研究述评与展望》，《商业经济与管理》2017 年第 3期。

　　② 　刘子曦：《故事与讲故事：叙事社会学何以可能——兼谈如何讲述中国故事》，《社会学研究》2018 年第 2 期。

业叙事，呈现当代中国社会的返乡创业实践。

在创业叙事文本中，我们可以看到创业者们为什么创业，其创业动机、起因是什么；能看到家人对创业的态度，看到家为创业带来的积极影响；也能看到创业初期的行业选择过程，看到一些不曾注意的行业细节和特点，以及他们对行业的理解与判断。在口述中也能体会到创业者的创业心态和艰苦奋斗的创业作风，他们既有敢闯敢干、想闯出个名堂来的斗志，也有着守家、守业、守法的基本操守，以及他们的家乡情怀、农业情怀。我们能看到他们如何一步步成为真正的创业者乃至企业家，看到他们的经历、经验、关系、人脉等在创业中所起的作用。在他们的创业实践中，我们也能看到具有地方社会记忆、地方特色的乡土资源如何被生产和再生产出来，看到他们如何构建自己的市场网络体系，如何为自己的产品进行市场定位，如何参与市场竞争，从中我们能看到小地方与大市场的紧密联系。在他们所创事业中，我们也能看到他们为家乡带来的福祉、变化，看到他们与家乡人在多重关系中互动交流、共同奋斗。他们的创业成就感并非仅仅来自利润，更多地来自家乡的认可以及他们对家乡的贡献，对做好家乡产品的社会荣誉感和责任感。从他们带动当地村民提高收入、共同致富的意义上来说，他们的创业也是一种社会经济，一种社会创业。在他们的创业过程中，我们也能看到政府政策的支持以及整个创业环境的营造，对他们创业的积极影响，在这个意义上来说，返乡创业实践中，国家也是在场的。

三、创业青年个案简介

2019 年下半年，海惠在丰都县内遴选项目支持对象时，在丰都县农委、汇丰村镇银行等单位的支持下，经过资格筛选确定 60 位入围对象，再通过项目计划书、路演汇报、专家团队打分评审等过程，最后确定了 30 位创业青年入选项目支持名单。这 30 位创业者，主要从事农产品的生产、加工、销售以及民宿等创业活动。其产业所在地分布在丰都 17 个乡镇（见图 1），地域分布广泛。他们的创业较为成功，并一直坚持，在丰都青年创业者中具有一定的代表性和影响力。

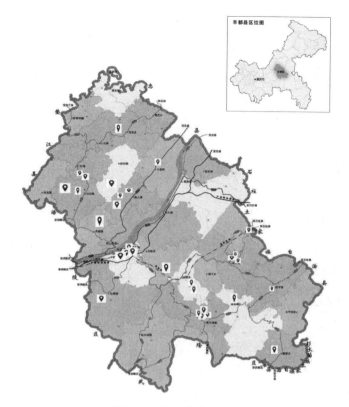

图1　30家企业分布图

　　表1反映了30位创业者及其从事行业的基本情况。7名女性创业者，23名男性创业者，年龄皆在45岁以内。我们看到所涉及的行业主要是种植业、养殖业和涉农服务业，这也体现了乡村创业的主流趋势。

表1　30位创业者基本情况

序号	名称	行业	企业所在地	姓名	年龄	性别
1	丰都县桢铮农业综合开发股份合作社	种植、加工（榨菜）	丰都县仁沙镇杭家坪村7组	蔡胜余	25	男
2	丰都县武平镇海山酒坊	酿酒	丰都县武平镇冷玉山社区	程建波	36	男
3	重庆市禾禾禾生态农业有限公司	种植、加工（风萝卜）	丰都县龙河镇洞庄坪村	范红容	39	女
4	丰都县优聚农产品开发专业合作社联合社	养殖（生猪）	丰都县仁沙镇杭家坪村	付许锋	40	男

序号	名称	行业	企业所在地	姓名	年龄	性别
5	丰都县聆居生态旅游开发有限责任公司	服务（民宿）	丰都县南天湖镇三汇村	胡峰境	27	男
6	丰都县园丰农业综合开发专业合作社	服务（农技）	丰都县江池镇洋村	郎红军	36	男
7	丰都县七玥花椒专业合作社	种植（花椒）	丰都县双龙镇关都坝村	李柏	28	男
8	丰都县靖烨花椒种植场	种植（花椒）	丰都县树人镇双凤山村	李靖烨	30	男
9	重庆市丰都龙河镇诚心渔场	养殖（冷水鱼）	丰都县龙河镇毛天坝村	李明海	42	男
10	丰都县李世荣生猪养殖场	养殖（生猪）	丰都县南天湖镇梨地坪村	李世荣	45	男
11	重庆市鸿勋生态农业开发有限公司	种植（红心柚）	丰都县三合街道世平路	李治君	32	男
12	重庆市三建土产有限公司	服务（电商）	丰都县三建乡廖家坝村	廖丽娟	24	女
13	丰都县平安榨菜专业合作社	种植（榨菜）	丰都县社坛镇平安村	林世荣	45	男
14	丰都县农淘电子商务有限公司	民宿	丰都县都督乡都督社区	刘航飞	40	男
15	重庆天顺农业综合开发有限公司	种植、加工（红糖）	丰都县社坛镇陈家岩村	罗大林	44	男
16	重庆帮你康生态农业开发有限公司	种植（中药材）	丰都县暨龙镇凤来居委	毛进	33	女
17	丰都县黑沟子枇杷专业合作社	种植（枇杷）	丰都县树人镇石岭岗村	秦江	44	男
18	丰都县金东生猪养殖专业合作社	养殖（生猪）	丰都县十直镇十字村	孙军	32	男
19	丰都县轿子山生态农业发展有限公司	种植（苹果桃）	丰都县三坝乡竹子社区	孙祥	37	男
20	丰都县八哥蔬菜经营部	服务（再销售）	丰都县龙河镇二环路	谭克琼	44	女

序号	名称	行业	企业所在地	姓名	年龄	性别
21	丰都县梨地坪养殖专业合作社 丰都县谭正华生猪养殖场 丰都县叁顺旅游开发有限公司	养殖（生猪）	丰都县南天湖镇梨地坪村	谭正华	40	男
22	丰都县闻达绿色种养殖农民合作社	种植（花椒）	花椒种植地：龙河镇中合场村	向剑平	40	男
23	丰都县茂丰农业开发有限公司	种植（桃子）	丰都县南天湖镇梨地坪村	谢迎春	22	女
24	丰都县欣星养殖专业合作社	养殖（芦花鸡）	丰都县三建乡夜力坪村	熊勇	37	男
25	丰都县绿颖农业开发股份合作社	养殖（水产）	丰都县树人镇石岭岗村	杨金红	45	男
26	丰都县杨妹蛋鸡养殖专业合作社	养殖销售（鸡、蛋）	丰都县虎威镇大溪村	杨梅	34	女
27	丰都县富渃茜生态农业专业合作社	民宿	丰都县双路镇莲花洞村	张晓茜	34	女
28	丰都县开沃农资销售有限公司	服务（化肥种子）	丰都三合街道滨江东路	周波	36	男
29	丰都县椒旺花椒种植专业合作社	种植（花椒）	丰都县保合镇金盘村	周江	28	男
30	丰都县醉源酒水经营部	种植（花椒）	花椒种植地：江池镇观塘村	朱小明	43	男

（数据来源：根据四川海惠助贫服务中心提供的 2019 年数据整理。按创业者姓氏音序排序。）

以上 30 位创业者中，有 29 位都曾外出上学、就业，具有在城市生活的经历、经验。他们返乡创业，为家乡带来了新的生机。我们根据创业者在口述过程中所强调和呈现出来的不同面向，将 30 篇创业口述访谈文本分为以下 6 个板块：“地方传统产业的坚守与新生”“外来产业的社会嵌入”“创业的社会效益”“新农人的农业情怀”“小产品 大市场”“乡村生活的想象与重塑”。当然，上述标题只是反映创业实践的某个面向，创业者的丰富实践和心路历程在叙事文本中将有更多呈现。不同的读者可能从中读出不同的滋味，也可以读出自己关注的东西，或许会有意想不到的理解与收获。

目　　录

地方传统产业的坚守与新生…………………………………………　1

　蔡胜余：把家乡的榨菜当成事业做………………………………　2

　程建波：能养活一家人就好………………………………………　5

　范红容：我是长坡的儿媳妇………………………………………　9

　付许锋：做一行　学一行　专一行………………………………　14

　李治君：让红心柚种植在我们这一代实现新跨越………………　19

　李世荣：养殖业不会过时…………………………………………　23

外来产业的社会嵌入………………………………………………　27

　李　柏：我们跟那些大资本创业没法比…………………………　29

　李靖烨：凭质量、凭良心长期做下去……………………………　33

　毛　进：想走出一条既省人工又生态的农业之路………………　37

　秦　江：农业也要靠机遇和管理…………………………………　42

　熊　勇：人生起伏　多有不易……………………………………　46

　朱小明：土地是一个限制因素……………………………………　50

创业的社会效益……………………………………………………　53

　林世荣：要让种菜的老人们也赚钱………………………………　55

　谭正华：尽力在一方发挥带头作用………………………………　58

　谭克琼：我也在给身边的人做贡献………………………………　62

　谢迎春：桃园带动了周边收益……………………………………　67

　向剑平：创业艰难百战多…………………………………………　71

　杨　梅：让大家都富起来…………………………………………　80

新农人的农业情怀…………………………………………………　85

　郎红军：农业创业者需要农技服务………………………………　87

孙　祥：搞农业还是要有情怀……………………………… 91
杨金红：做农业不能当跷脚老板……………………………… 95
周　波：农业也可以技术托管……………………………… 100
周　江：我就是喜欢农业喜欢农村……………………………… 108

小产品　大市场……………………………… 117
李明海：我们跟市场很紧密……………………………… 119
廖丽娟：把父母做的事情利用网络平台做大……………………………… 123
罗大林：我们做纯蔗红糖……………………………… 127
孙　军：压力最大的是养殖场老板……………………………… 130

乡村生活的想象与重塑……………………………… 133
胡峰境：最好是既赚钱又享受了生活……………………………… 135
刘航飞：风里，雨里，我在盐马古道等你……………………………… 139
张晓茜：我知道城里人想要什么……………………………… 144

结　　语……………………………… 152

后　　记……………………………… 154

地方传统产业的
坚守与新生

蔡胜余：把家乡的榨菜当成事业做

地方性特色产业

榨菜，是一种地方农作物。原来没有"涪陵榨菜"时，我们这边种榨菜的也很多，以前是自己家里种来自己吃。榨菜现在成规模、成体系了，这主要靠涪陵榨菜带动。我们受涪陵的影响和帮助很大。我们往涪陵供货，基本上都是向鱼泉、乌江、涪陵等榨菜厂供货。我们做的是地方性特色产业。

2012年我毕业出来，做了三四年的测量工作。我是2016年才接触这个行业的。此前我爸一直在做榨菜，那时候还是土池子，2012、2013年的时候，他还成立了合作社。2015年我爸离世了，想到妈妈一个人在家，我就回来创业，回来接手了这个东西。之前我也不熟悉这个东西，后来才慢慢把这个家乡的东西当成一个事业来做。

在仁沙镇老家，我们自己有三四百亩的种植基地，也向当地一百多户农户收货，总共有六七百亩菜地，1亩地的产量在3000斤左右。流转土地是按照三四百斤稻谷的价格流转，是我父亲那时流转的，我们那边现在很少有荒地。我们有6个池子，一层盐一层菜，一般腌3个月。每个池子腌1000多吨，每吨卖800～1500元，每吨的利润在200～400元之间。具体什么时候出货也要看情况，有时也在押行情。一年之内行情变动大，天气影响也大。今年产量大，榨菜量就大。向哪家供货，主要还是以价格来定，没有固定的协议。总体来说，销路稳定，但价格不稳。风险主要有两方面，一个是怕坏池子，一池子榨菜，如果技术不到位，就会烂；另一个是价格上也有风险，几个大的榨菜厂，如"涪陵榨菜"收购了，其他的才收。

在我们基地，主要的农活就是种植、施肥，还有收榨菜。基地上，种菜、种玉米都是季节性的，到了那个季节就回去，我平时还可以找份工作上班。不过，榨菜才是我的主业，上班只是副业，卖人寿保险只是我的兼职。收青菜头儿和出榨菜时,我们都要请工人。我们对农户也有一些支持,我们给上百家农户提供种子。我们都是在外面买的良种,原来的那种个儿太小了。我们也提供肥料,榨菜出来时我们收购。我们收菜头时,抵扣了种子、肥料费用后,要给农户现金,不会等过年时才去给钱,其实多的也就一两万元,少的才几百元。不过土地流转费是一年一付,每年新历 12 月 29 日给钱,有时候也会延迟一两天。

政府对农户也有支持,比如种一亩榨菜有多少补贴。脱贫攻坚、乡村振兴,对我们的直接影响不大,我们主要是自力更生,我们也不可能完全靠政府。我们对农户有增收的帮助,我们那儿原来是贫困村,便民路、机耕道这些现在没问题了。农户把青菜头儿送到我们池子来,有时候 5 角钱 1 斤,有时候两三角 1 斤,价格差别大。我们采用传统的盐脱水方式进行粗加工,榨菜出水量大,一池榨菜往往榨出半池水。对于榨菜水的处理,现在环保要求非常严。正好离我们场镇不远处就有一家酱油厂,他们会来收购我们这盐水去做酱油。

我只认识几个做榨菜的人,跟其他人没什么交流。我们不像他们养猪的,他们还有协会。涪陵那边对各个村、各个乡镇的支持很大。涪陵那边农户种榨菜的可达 90%,丰都这边只有 40%~50%。丰都差不多每个乡镇都有池子,收附近农户的榨菜头。丰都前几年主要扶持肉牛产业去了,政府以哪个产业为主导产业,就会大力扶持它。

榨菜经验与技术标准

我们作为粗加工,对榨菜味道影响不大。种植技术、腌制技术,都是老祖宗留下来的,但也得凭经验做。没有哪一个人敢说,这次我们做的榨菜绝不会坏。腌制技术也没有一个统一标准,大家也没有想过一起总结制定一个标准,都是凭手艺。这主要就是需要注意一点——发酵,不能漏气,封了池子之后基本上就不能动,就赌这一把,赌的是手艺,基本上能控制,但没人敢说百分百不会坏,这个东西没有"1+1=2"的这种绝对性,包括一层盐一层菜,也是凭自己感觉,觉得差不多就行。在自己家里做一坛榨菜还好一点,但有时也会发霉,我们这种大规模的更难。我们处于链条底端,处于很尴尬的位置。龙头企业拿去马上深加工,他还可以有一个保质期,可以储存。我们没法,池子得尽快腾出来,最多也就能等几个月时间。自己的榨菜池子自己安排、管理,价格也是各人自己去谈,谈好了直接送到厂里面。

我刚接手的时候,也有很多困难。技术上要请教人、要看书;销售上,以前有一些路子，后面也还是能维持。我们还是会一直种榨菜的，一直做下去，多少会有一些收入。暂时也没想去扩大规模，现在扩大规模存在一个问题，主要就是当地没有劳动力，留在家里的都是七八十岁的人，他们凭自己高兴才种一点。种的人少，我们收购的量就上不来，规模也就没法扩大。要是大家都在家，我们还可以再多带动一些人种榨菜。在家种榨菜会有一些效益，但收入肯定赶不上去外面打工挣的钱。中国的土地，以后还是像西方那样搞大农场，才有效率、才有效益。这对于我们创业者也是好的，有多少土地我们就愿意流转多少，我们来统一种植、统一管理、统一请工人，这样做的效果肯定要好一些。

扶持人与扶持企业

我们是通过县农委接触到海惠的。海惠条条款款太多了。要说对我们的帮助呢，在培训上多多少少有些帮助；资金上也就最初那两万元钱，不过也是一种资助。关键是他们搭了一个平台，让大家互相认识，能提高我们的技术、专业和管理能力。以前我们没有接触过这类组织，因为他们限制也大。海惠对我们的提升，首先不是让我们企业更强大，而是让我们个人更强大，主要是提升我们创业者的能力，当然这个提升，对企业也很重要。

创业者：蔡胜余　1994 年生，男。丰都县桢铮农业综合开发股份合作社
访谈及整理者：冉利军
访谈时间：2020 年 10 月 8 日

📖 访谈手记

在丰都、涪陵这一区域，种榨菜、做榨菜是有传统的，榨菜早已成为地方特色产业。这一特色产业对周边乡村带动很大，基本模式如下：农户每年种植青菜头，收获时将鲜嫩的青菜头卖给当地像蔡胜余这种拥有榨菜池子的人，蔡胜余们再把脱水腌制后的榨菜头销往涪陵的榨菜厂。正如蔡胜余所说，他们的粗加工处于产业链底端，且缺乏统一、明确的技术标准，全凭老祖宗传下来的经验，全凭感觉在做。即使如此，他仍子承父业，愿意把家乡的榨菜产业当作一项事业来做。我们从中可看到涪陵榨菜产业发展所具有的社会根基多么广泛、多么深厚、多么牢固。

程建波：能养活一家人就好

传统酿造技术

早在一九五几年的时候，我们这里就已经开始煮酒了。我爸以前在茶园酒厂上班，1979 年到县国营酒厂，后来酒厂倒闭了，他就自己煮酒。我爸 1996 年修建了酒厂，那时还是木房子的酒厂。我是 1999 年初中毕业后，就跟着父亲学习煮酒，学习了十多年，直到 2011 年我才自己煮酒，自己售酒。2016 年在我爸酒厂的基础上，修建了现在的酒厂。

我们技术上是完全没得问题的，用的都是传统的老技术，好像这还是重庆市非物质文化遗产。酿造流程也还和当年我爸的程序一样，称重→浸泡（1～2 小时后放水）→煮软→泡→蒸→糖化→发酵（7 天）→烤酒（猛火蒸馏）。蒸后的沸水，可用来浸泡第二天要蒸的粮食。一锅能蒸 1000 斤原料，产 400 多斤酒。不同阶段的粮食酒，酒精度数不一样，刚开始的酒有 75 度，最后面的酒度数很低。一般会将开始的酒和最后面的酒兑一下，中间的酒单独接。以前酿酒烧煤，2017 年改成烧天然气。改成天然气后，成本提高了，为了加大火力，有时还用鼓风机吹。

我们酿的酒以高粱酒为主，高粱是从东北运过来的，外地高粱 1 元多 1 斤（1.6 元左右），本地要 2 元多 1 斤。玉米在本地 1 元 1 斤，而外地 1 元多 1 斤。每月购买一次原料，一次购买费用需要 3 万到 4 万多元。一个月能生产 1.2～1.3 万斤酒，以高粱酒为主，散装酒，每斤利润 1～2 元。2019 年买粮食 200 多吨，产酒 70 多吨。每斤售价 10 元、15 元、20 元不等。按市场定价，一般高粱酒价格略高，中间接的酒价格也略高。我们煮出来的新酒要存放一段时间才好喝，一般都要放半年，放一年更好。刚出来的酒，口感不是很好，放一段时间就好喝了。

我们这里煮酒的人多，有四五家。不过他们都没有我们煮酒的时间长，有的人看到我们生意好了，也来煮酒，来竞争，不过这也是十来年的事情了。我们在当地的口碑、人缘、评价都是很高的，可以说是最好的，这都是得到本地人认可了的。我们今年还在做一个新酒厂，正在维修。那里原来也是煮酒的，我们把它买过来了，简单整修了一下，本来煮了一年的，遇到疫情就停了。食药监部门也让我们整改一下，我们就好好整一下，现在正在整修。你们后面也可以过来看看。

产业合作与展望

我没出去打过工，现在也没有做农活，完全做酒了。主要就是我自己、我爸妈、姐姐、姐夫在一起做，另外还请了 2 个工人。我们一直在做酒，以前也养过猪的，边煮酒边喂猪，酒糟喂猪很好。这样做了二十多年，当时养猪规模有两三百头，后来环保严格，我们就没养了。现在的酒糟主要是喂牛的人来拉走，他们自己来拉，还供不应求，因为丰都主打牛产业。之前养猪的场地到现在还没拆，后面准备用来做酒窖放酒。

我们一年可煮出来七八十吨酒。有些是老客户上门来拿，有的是拿去给经销商卖，这两种形式差不多一样一半，我们不愁销路。我们有三四个经销商，主要都是重庆范围的。上门来拿的人，有的是老顾客，有的是新找来的，拿的数量也不一定，基本上也是重庆市范围的。上门来拿的人，也就是那些酒贩子，主要是拿散装酒，给现钱。我们赊货给经销商，第二批货送过去的时候，才拿到第一批货的钱。一个经销商一批货可能就要压五六万元，我们主要是压酒压多了，缺资金。两批货的间隔时间也不一样，有的快，有的慢。现在"三公"消费的限制，对白酒销售还是有一定的影响。

我视力不好，跑市场不方便。以前还一直拿着残疾补贴，因为注册了公司就把残疾补贴弄掉了，后来公司转给别人了。再后来就加入人家的牌子了，用的涪陵那边的"老知青"，我们合伙在做。他们在丰都有一个灌装生产线，生产瓶装酒，我们就把酒拿去这里灌装。

酒，我是要一直煮下去，长期做下去的。我们还是作坊式，原来想和"老知青"合作做公司，但他们后来资金不到位，也就算了。现在还是在找机会，找客户来一起做一个灌装线，把品牌整起来，一直想做大。寻找新的合作伙伴，只是还没谈好。我们想的是种植、生产、加工、销售以及养殖一条龙搞起来，但这个资金需求大。我们核算了一下，需要投入三千万到五千万元左右，才能建得起来、周转得开。规模小了，也成不了气候，需要集团公司那种形式，才能发展起来。

钱好借　人情不好还

这是我们自己的老家，是老房子，原先是在公路边。现在我们村改成社区了，镇政府也在我们这里。镇上的产业也主要在我们社区，有1家砖厂、2家碎石厂，也在搞一些乡村旅游。我们煮酒的也有五六家，现在武平镇的产业基本是在我们社区，乡村振兴主要在我们这里发展产业。

我们没得到过什么特别的帮助，也没享受过什么政策。很多东西，也不能靠别人主动来帮你。我们是老实人，反正做自己的，各自生活，养得活一家人就行了。我们的房子是在县道旁边，是往武隆、彭水、石柱这边的县道，都是沥青路，8米宽，这个路修了很久了。之前我们的房子还紧靠着这个公路，这次我们修房子还退了两米。政府来说让我们退进去点儿，可以有补助，但现在补助也没下来，我们也没有去问。

说到困难，最困难、最恼火（令人烦恼、伤脑筋、很困难、很麻烦等意思）的还是缺资金。只是说我们能基本维持着，我们解决资金的办法主要还是靠贷款，还是要抵押、担保，我们煮酒的可以抵押、担保。亲戚朋友们也可以借一点，但是钱好借，人情不好还。他们私下会觉得你拿去赚了好多钱，但又不好要你的利息，我还了之后也不好意思再去借。银行贷款就不一样，那就是该怎样就怎样，还了贷款之后还可以再贷。我们贷款一般就是贷3年，一般贷三五十万元。我们信誉好，贷几十万元基本没得问题。有时候你去还了贷款，感觉他还不高兴似的。我们主要就是在农村信用社和汇丰银行贷款，我们镇上没有汇丰银行，丰都县城有。

我们接触海惠，也是汇丰推荐的。我们是汇丰的老客户了，是优质客户。海惠对我们的帮助很大，比如说有的我们没学到的东西，他们经常就能给我们提供。海惠在丰都这个项目中，做酒的只有我们一家，即使只有我们一家，但他们还是给我们做了宣传、组织酿酒知识培训和学习。他们也带我们出去参观学习了好几回，每回出去都有收获，每回收获还不一样。我们也想做那些，做到所学习的那种程度，但要大量资金投入才能达到那个水平。总之，无论哪个行业都是一样的，就是一个资金问题。我们出去学习的人人都说，只要有资金，就能做出来那个水平。

创业者：程建波，1983年生，男。丰都县武平镇海山酒坊
访谈及整理者：冉利军
访谈时间：2021年3月15日

📖 **访谈手记**

据程建波叙述，他不曾离开家乡外出打工，初中毕业后就开始跟着父亲学习煮酒。他一直生活在这里，一直煮着酒，对乡土社会的人情世故也有深切体认。他谈到了一个值得分析的现象，那就是乡村熟人社会中"钱好借，人情难还"，你向亲戚朋友借钱创业，他们多少会借一些，但是他们私下会觉得你把钱借去赚了很多钱，但又不好意思收创业者的利息；不收利息，创业者以后也不好意思再去借。反而是在银行贷款，不欠人情，还了贷款之后还可以再贷。这里面就涉及乡土社会的人情、关系、面子等传统因素对创业行动的影响。

范红容：我是长坡的儿媳妇

我们这红皮白心萝卜，在长坡种植历史悠久。这里是油砂土壤，温差大，阳光好，种出来的生萝卜就可以直接吃。传说这个萝卜营养好，口味好，对身体好，这里百岁老人多，很多人长寿百岁。俗话说冬吃萝卜夏吃姜，《本草纲目》中也有对风萝卜的介绍。一直都有人想去开发萝卜产品，前面有三批人去做过，但都失败了。

"找罪受"的情怀

我们是2013年开始做的。我先生就是这边的人，我是长坡的儿媳妇。我原本是做设计的，以前在广东一家五星级酒店打工，还做过餐饮部门经理。我回来没工作，就创业。我开始对农业不了解，虽然小时候生活在农村，但不了解农业，转型做农业算是一种冲动。我父母开始非常反对，因为他们都是农民，知道农业的苦，他们说我是以前没做过农活，现在回来找罪受。现在回想起来，做这个事情，确实还是有点冲动。真的是一种情怀，当初并不是为了赚多少钱，真就是感慨村里人少了，想着给家乡做点事。回来看到这里的萝卜很好，就想做这个。村里有资源，但没得产业，我们就想把这个产业做起来，让乡亲们增收。正好我老公的同学是四川大学做食品研发的，我们就合作做了这个。

我们整个投了600多万元，包括建厂房。一年要贷款六七十万元，一般在一百万元以内。最开始是在就业局，失业贷款贷了8万，后面妇女贷款贷了10万，还用房子抵押来贷款。2016年返乡农民创业大赛，我们获县第一名，得了5万元奖金。截至目前，虽然还没回本，但已经开始盈利了。

我这里现在搞管理的只有五六人，负责日常销售、财务管理等。前几年确实太累了，每一个环节都离不开我，现在还可以稍微偷点懒。曾经时时刻刻都在想放弃，投入进去了，身体累，思想压力也大。创业的辛酸、责任、压力、担子，相比起来，以前打工简直太轻松了。不过我性格开朗，遇到事情还是该吃饭就吃饭、该睡觉就睡觉，第二天就没事了，开始新的一天。这个性格让我坚持到了现在，现在看来这些也不是什么困难了。看到农民来领钱高兴的样子，自己就很开心。特别是年底时，我们给他们发工资时，他们觉得又可以给孙辈发红包了。老人们脸上的那笑容、那种眼神，让我非常有成就感，这也是对我的一个小安慰。过年时，那些老人们会感觉有依靠。我有时还在想，要是我们以后不做了，这些老人们怎么办啊。

新方法　老口味

我们采用农户+基地+公司的模式，与农户的关系也密切。自己的基地有500亩，但农户种植面积波动大。我们仍然还是用老品种，种这里特有的老萝卜。虽然萝卜形状不规则，但是口感和营养要比改良过的好。我们免费给农户发种子，有时候发几百斤，但也可能只发几斤。但农户一定按要求种植，比如不打除草剂、农药，要手工除草等。萝卜成熟后，不管大小，我们都会收购。萝卜种得好的话，1亩地可产1万斤萝卜。我们都是定价收购萝卜，一亩要产几万斤，1斤3角2分或者3角5分，他们也不存在卖不出去，没有风险的。我们不用大棚，完全是露天的，除草、播种、耕地，可说是"刀耕火种"，绝不用农药、化肥，也不打除草剂，所以品质高，但是产量低。

川大的食品科学团队，给我们提供食品工艺指导，电话沟通很多次，也曾亲自过来。让我们建起了风干房，所以我们的风萝卜是真正地风干，是7天7夜慢慢风干的。若是烤干的话，确实快，但是营养流失多。我们风干房模拟二十几度的风吹168个小时，从里到外地风干。风吹的第一天，萝卜没什么变化，水分还是很多，还保持着鲜嫩感。到第二天晚上，也就是36小时后，才开始有点蔫了，开始不像鲜萝卜了，直到第七天才会完全风干。风干的时候，要注意湿度、温度、风速的控制，使其自然风干而不产生霉变。一个房间可风干40吨萝卜，4个房间可风干160吨。25斤萝卜才能做成1斤风萝卜，去年产量30~40吨，每年都有增长。可以说，我们的环境、品种、工艺等，使我们的萝卜非常有特色。现在当地人也不再像以前那样做风萝卜了，都是用我们这种科学健康的方法，做出原来的口味，但是更健康了。

农业用工难

我先生是当地人，大家熟悉。当时修路、协调土地时，很多人自愿拿出地来。我们流转土地时，水田给的是四五百元一亩，旱地是两百元一亩，荒山是一百元一亩。我先生说，家乡人就是要给高一点。流转的土地，我们不种萝卜时，农民自己还可以种一季其他东西。农户一般会上半年种西瓜，下半年种萝卜。既充分利用了土地，也能使土壤保持肥力。

现在，用工难，农业用工更难。洞庄坪村在家的可能不到三四十人，而且还都是六七十岁的老人。他们有的人，土地被国家征了有社保，一个月两千多元，就不愿做农活了。我们要到龙河周边几个村去接工人来拔萝卜。我们是请人来上班，每天 6 点钟起床，去周边拉人过来上班，一天有三四十个人上班。拔萝卜、切萝卜的 70 元/天，装车和运输的 120 元/天。现在有几十人给我们打工，人工成本大，每人一个月也是有两千多元。员工上班时，我们提供午饭，但不提供住宿。生产环节的员工需持有健康证才能上岗，来上班的也多是留守妇女。农民有经验，老员工们也都熟悉种植和加工了，我们也会给她们进行技术培训、开例会。如果出现迟到等违反规定的行为，会扣钱。其实也不是真地扣钱，这里扣了，也会在其他地方补回来的，员工挣钱也不容易。

专业做风萝卜

上半年，我们还种过高粱，已经酿成酒了，窖里藏着的。现在专门做萝卜了，萝卜是白露下种，分批种，分批收。年底是最忙的时候。由于太忙了，海惠的几次活动，我都没能参加。但我听其他人说，他们给我们提供的指导确实很有帮助。我也在联系他们，希望能得到他们做视频直播方面的指导。疫情对风萝卜的售卖有影响，往年到这个时候，生产的货品已卖光了，今年还没卖完。不过销路还是不愁，只是慢一点。

我们主要针对中高端市场。产品包装是找猪八戒网设计的，分牛皮纸和礼盒包装，规格分为 500 克、300 克、150 克三种。300 克一袋的卖 30 元，散装的是 30 元一斤。也有礼盒的，138 元/盒。平均五十多元一斤。目前的订单以散户为主。产品还进了重庆百货、新世纪等超市，也在展会上售卖过。我们主要是靠回头客，客户大多是高端餐饮。我们这个风萝卜可以用来炒肉、做咸菜、炖汤等。我们产量是没有问题的。我们还开发萝卜干产品系列，比如开袋即食的，也有用来凉拌的、炒肉的，还打算做风味萝卜干产品系列。现在各种展销多，我们参加的也多，效果也不错。比如前面才到大足参加了展销，这10月20多号（2020年），又是渝北消费扶贫，长寿、垫江也有展销，有时候还到北京去展销。展销的信息主要是县商务局提供的。我们有时候也搞直播带货，有一次罗县长还直播带货呢，关键是质量要过硬。此前有一次搞直播带货，不是我们这家，是其他家的产品，结果出现很多退货的情况。

生产萝卜方面。洗萝卜都机械化了的。切割萝卜这块，我们也正在设计切萝卜的机器。我们去年也委托研制了两台机器，但效果不好、效率不高。机器切出来不规则，形状不好，而人工则会根据萝卜的形状来切。几年来，设备不断升级，员工也在不断培训，所以品质也在提高。目前全国找不到第二家，可以跟我们的工艺、口味一样，我们是专业做萝卜的。从种萝卜、收萝卜，到运萝卜、洗萝卜（机器）、切割（人工）、装盘（人工）、风干、干燥、计量包装等，都是严格要求的，所生产出的每批产品都要检测。

乡村振兴，钱要用到刀刃上，产业扶贫要落实到对企业的帮扶，带动力度才大。有的人专门攻政府项目，我们是实干的，努力做好产品，让企业、农民真实增收。

我们这里机耕道还是有点窄，主路是没问题的。龙河也有养猪、养鸡的养殖户，现在有两家也在做风萝卜了，但是口感、质量不行，差距大，也影响市场，影响消费者的信任。不过，做任何行业、任何事情都有人来竞争，甚至诋毁，但只要坚持自己的，做好也是没问题的。我们是自然风干萝卜的第一家，曾在绿博会上取得过绿色金奖，我们也正在申请地理标志产品。现在困扰我的是，制作工艺没有国家标准，高仿的很多。有的人来参观，来看了之后回去就盗图、盗用技术原理等，欺骗消费者。实际上别人根本不是用我们这种方法自然风干的，是冒充的。最郁闷的是别人把我基地、工艺的原图，印在他们包装上，太不应该了。而且还是我们这里的人，我还认识他们，这就是道德问题了。我向市场监管反映过，他们建议我申请专利保护。

创业者：范红容，女，1980 年生。重庆市禾禾禾生态农业有限公司
访谈及整理者：冉利军　李海燕
访谈时间：2020 年 10 月 6 日

📖 访谈手记

访谈刚开始，听到"我是长坡的儿媳妇"这句话，我就感觉范红容对长坡有情感、有关怀。果然，出于想给家乡做点事这样一种质朴的情怀，她回乡创业，利用新技术把长坡风萝卜的老味道做出来了；她看到老农来领钱高兴的样子，自己也觉得很开心、很安慰，有时还在想要是以后不做了，这些老人们怎

么办；她对员工的管理，也是柔性管理、情感管理，如果按规定扣了员工的钱，也会在其他地方想办法补上。这些细节、这些表白，让我们看到了她对长坡的情感与关怀，也让我们体会到创业者对地方社会的各类投入。

付许锋：做一行 学一行 专一行

2000 年，我从涪陵财贸校毕业回来，到我爸的单位——丰都县糖酒公司干了 3 个月。那时工资低，才 300 元一个月。我就觉得要么自己出去闯，要么就自己做生意，自主创业。我爸年纪也大了，为了照顾家，我就在老家社坛镇做副食品生意。但做到 2007 年，遇到了问题，遇到了瓶颈。因为县城的经销商开始下沉到乡下，把我们的客户抢走了，我们就没生意做了。我就准备换行业，2007、2008 这两年，我想了很多，也做了很多事，我还去开过挂车，但始终没找到一个那种我愿意干、老了自己不用亲自去做也可以有收入的事情。当时，我就准备去深圳打工了，恰好我有个朋友，他在财政局有一个亲戚，听说养猪有补贴，我就冲着补贴，抱着试一试的态度就进来了，也不知道这里面的艰难、辛苦。

有一个痛苦的过程

我和师父当时就一起去荣昌考察。考察后觉得可以做，但没有钱。2008年 3 月师父就拿钱做了，当时是在树人镇丰都第四中学搞的，学校闲置后，我们就弄过来改成养猪场。当时是按照自己的想法改的，根本不懂标准化猪舍。我本身是学财务的，转到养猪，很多都不懂。当时就去学，去荣昌学了两个多月，感觉还是不会，就又去种猪场学了两个多月，前前后后学了半年，才熟悉了基本的流程。但是猪场已经改建起来了，因为很不专业、很外行，加上 2009 年猪价降了，我和师父两个人亏了四五十万元。我媳妇让我退出，还是去深圳打工。我爸也不建议养猪，他说："不脱离'农'字就挣不了钱，哪个搞农业的发财了嘛！"即使是因为 2009 年整体行情不好，即使全国人民都在亏损，但我们家就我亏了，我亏了心里还是很难受。当时的我很迷茫，我在家睡了 7 天，也没人安慰。

社坛有个朋友听说我养猪，就喊我过来看下场地，想把猪场转让给我。我当时车也卖了，就坐客车过来看，发现位置还不错，而且还有个 20 多亩的鱼塘，我就想盘下来。我和朋友商量好四五万元钱，并商量分期付款，在当年 12 月之前付完。我爸就说："停了 7 天，想清楚了，还是要去养猪？"我说："我不敢说挣好多钱，起码提起丰都养猪的，我还是要当前三名嘛。"我觉得从哪儿跌倒就要从哪儿爬起来，还得养猪。

养猪这个东西，说不清楚的事情太多了，行情也多变，就像吃甘蔗一样，只能剥一节，吃一节，判断不了后来的情况。我开始什么都不懂，只有自己学，买书来看，随时随地都是在想这些事。心里还是没底，没底就看书，就去学习，最后还是拿下来了。最开始真是连那些猪儿药（猪生病吃的药）的名字都搞不清楚，做一行，学一行，专一行，只有了解了，才不陌生。我们的行业里，要操心很多事情，另外像项目申报书、可行性研究报告等这些我们也不懂，但又舍不得拿钱让别人做，只有自己慢慢学、慢慢做。比如还有跟政府的、跟畜牧站的关系维护。卖猪也是自己去卖，我们也不敢请人，连下货都是自己下。那时候下货的工价是 12 元一吨，100 吨的话就要 1200 元，所以我们都是自己下。真是都有一个痛苦的过程。要是请人，一个月发工资就要一两万元，哪有钱去发工资嘛，只有自己从早干到黑，长时间干。遇到母猪下崽时，简直忙得不可开交。那时 30 多岁，有闯劲儿，横起一条心，非要把它弄下来。

农业这块儿，难在没抵押。补贴只是杯水车薪，以前我们也是要贷款的，没有抵押，只有用房子来抵押。当时借了两三百万元，可能贷了十几二十万元。借钱也还是要给利息，一分、两分、三分利息的都有。能借到这么多钱，也是亲戚朋友们认可我这个人，而且我也不打牌，他们相信我借钱来不会乱用。我们自己省吃俭用，该给亲戚的利息、本金都一点点地还了，从去年开始，就没借钱了。

非洲猪瘟对我们可说是毁灭性的打击。病毒确实凶，据说有 100 多种，人类技术目前还没有办法。据说疫苗出来了，但还没有上市。有传言说猪打了疫苗，能"带苗生产"，我们不信，我们猪场还没有打。

我们当时是几个人合伙，搞了一年都亏了。几个人合伙，大家意见也不一致，比如什么时候买、什么时候卖，意见不一致，这会影响经营效果。2009 年，我就一个人出来做了，后面就出来在社坛搞了一个养猪场。2009 年，肥猪价便宜，我们也亏了。2010 年，我还是继续去买小猪崽来喂，到 2010 年底价格就涨起来了，才赚了一点儿。

国家的钱也来之不易

养猪一定要上了规模才能赚到钱。当时我们合作养猪的几个人，只有我一个还在养了。我的规模做起来后，县农委他们也愿意来支持，一年可能投入一二十万元。我们不像有的人去骗国家项目的钱，我们是十多年一直在干这个。2010年，申请了一个几十万元的国家项目，也是难得很，需要按照1：1的比例配套，自己投多少，国家才投多少。要先把方案、预算、计划等等资料准备好，通过评审才行。而且是"先建后补"，要按照原来的方案、可行性报告，验收合格后国家才给钱，这个钱也不是那么好拿的。这个项目，我们向国家申请了56万元，而我自己前后花了两三百万元。只有东挪西借，亲戚朋友一起凑，项目建成后，配套也整起来，我的规模从50头扩大到300头母猪，自繁自养。

我们项目所在地是贫困村，脱贫攻坚中一个村一千多万元的产业资金没法拿来创业，我们看着都难受。扶贫先扶智，要让他学会挣钱的本领，不然他把钱拿去打酒喝了。假如我有那一千多万元，就把全村每家每户组织起来修圈舍，建成养殖小区，统一管理，让每一个贫困户产业基金都有收入，让一千多万变成两千万，而不是"零蛋"。同一块地，先栽柑子苗，后来又种核桃苗，这怎么能有效益嘛。国家的钱也来之不易。我在另外一个村，也是贫困村，选了20户贫困户，给他们送小猪儿，纯粹是送，真正地送。猪喂大了是卖钱还是杀来吃，他们自己决定。人必须吃饱了，他才去做正确的事，当然，有的人是不满足的。

养猪的一些细节

我的猪场有5个人在管理，其中1个是技术员，负责全场配种、打疫苗，他是河南人；老胡主要是打饲料、做清洁；另一个人他自己也养500多头肥猪，在我这里也是负责做清洁，放粪；厂房阿姨做饭、给母猪接生、管小猪仔。每个人工资三千多元。

目前有猪2000头。原来计划是300头母猪，商品猪1000多头。母猪一胎能下十四五个小猪仔。母猪发情后的72小时非常重要，发情后的第48小时后的晚上就要配种，第二天早上要加强一次配种，增加受孕率。母猪一次可排20~30个卵，卵子可存活8小时。现在的母猪不直接和公猪发生交配行为，主要通过注射猪精液的方式受孕。不过，猪场仍然需要公猪，主要用于判断母猪是否发情。如果公猪在某头母猪前不走了，技术员就会去看母猪是否有黏液等发情表现。输入精液后，就要密切关注母猪是否受孕成功，在20天的时候，用B超机看是否受孕，如果没受孕就接着配种。这样的方式能有效降低成本，因为饲养母猪一天的费用就是10元钱。以往没有B超机的时候，靠经验判断，准确度不高。有时候10头母猪有8头都没怀上，也不能及时发现。一头母猪，7天发情期，加114天怀孕期，再加28天断奶期，一个周期需要149天，所以母猪理论上一年可以怀2.5胎，但是很多时候达不到这个标准。

母猪生产时有时也会发生难产的情况，这时猪场里的助产士会帮助猪生产。不仅如此，在饲养中也要通过饲料的喂养量来控制难产率。在怀孕的前85天，猪长得很慢，总共长不到1斤，在85到114天就会长到2~3倍。所以这时候饲料就不能太多了，不能长太大了。猪生产后，也会有专用产床。行情好的时候，会卖一些小猪仔，行情不好的时候就留着。小猪一般喂到六个月长成大猪。但我们用构树喂养的猪要九个多月十个月的样子才能长大。标准猪220斤/头，产值在2000元以内，一个猪的成本1750元，每头猪可赚250元钱。猪出栏的时候，是重庆的屠宰场来装，我们主要销往重庆市。

目前，我们也在探索构树养猪，但还没树立品牌。构树可以替代饲料喂猪，构树可以补充猪的蛋白需求。所以，我还承包了一百多亩地来种植构树，实现种养一体。构树苗是去年（2020年）5月1日在綦江中科院组培基地买的矮冠密枝，2元一株。树长大后，只在底端留10~20厘米用于第二年发枝，其余的就用几千元一台的专用机器全株搅碎，发酵后再喂猪。一般情况是100斤之后的猪再配这种料，具体是技术员在探索。用构树喂猪可降低四五角的成本，但时间要多几个月。给猪吃益生菌，其粪便用于种植构树，我们也有发酵棚和沼气池。

现在的想法还是养猪，想搞猪场合作社。但有的合作社也是名存实亡，比如我们看到的河南有家番茄合作社，实际上就是搭个床，收个摊板费，其实还是一个平台，一个买卖，真正的社员还是做不了主。

据我了解，丰都现在养猪的有300多家，规模在100头以上的有100多家，50到100头的有100家左右，10头到50头的不到200家。我们的规模算是大的了，重庆农业投资集团跟我们也有合作。我们这个养猪不像丰都肉牛，他们主要是靠政府补贴，在高镇那边修了3个场地，每个场有1200头牛。他们恒都牛肉做起来了，企业种草面积大，负担也重。不过养牛也是享受了政策的，据说先后有5个亿的扶持。

我自己有几百头母猪，控股的有两家，他们有两三百头，直管的有两个猪场。我们仅是药品一年都要花 100 多万元。我们不想让经销商把这个钱赚了，要是规模大了，我们自己可以跟厂家直接洽商。

海惠的作用

我是通过农委了解到海惠的。海惠从多方面来提升我们，打开我们的视野，比如带我们去河北围场参观。那里的李总真是个能人，他回去养羊，他把产品分得很细，一只羊他就可以对半赚。在内蒙古自治区赤峰那边有一个养羊基地，围场这边是屠宰场，他真是把一二三产业都整起来了，连起来了，光羊肉火锅店就有 8 个。

我们跟海惠接触一年多，对我们很有启发作用，有引导作用，让我们视野有很大的扩展，否则有的东西我们不知道从哪里入手，比如缺想法、缺资金，也教我们如何去操作。在海惠这个项目里，大家一起交流也多了，之前都是各做各的事，相互不熟悉，以后我们就可以一起想点事情来做。真正能在农业中做成我们现在这个样子，就算很不错了。做农业，还是要做特色产品，要做品牌，还要搞营销，后端的消费服务也跟上去，要从全产业链来谈。总之一句话，就是节约成本生产出来，好价格卖出去。

创业者：付许锋，男，1979 年生。丰都县优聚农产品开发专业合作社联合社

访谈及整理者：冉利军

访谈时间：2020 年 10 月 4 日

📖 **访谈手记**

年轻人的斗志、闯劲儿，是创业所需要的；认准一个行业，不怕苦，不怕累，坚持干，什么不会就学什么，这也是创业所需要的。这些在付许锋的创业路上得到了生动体现。决定养猪后，他不断学习，不断总结经验，现在也算是一个专家了。他给我们讲述一些养猪的细节和经验，比如母猪生产周期、母猪人工授精、打 B 超等，这些是我们此前未曾听闻和关注的，让我们看到任何行业都有它的知识、经验；也让我们意识到不管什么行业，没有人能随随便便成功。

李治君：让红心柚种植在我们这一代实现新跨越

回乡当"创二代"

2005—2008年，我在成都航空职业学院读书。毕业后在成都就业，在川航货运部做物流管理。当时公司准备把我们分到拉萨，因为家人不放心，我就没去，后来就到成都荷花池做销售。2012年在成都结婚安家，2013年回到家乡开始了之前从未想过要从事的行业——农业。

我开始是不愿回来的。看着父母做了一辈子的红心柚，那么辛苦，小时候我心里想的是一定要跳出农门，再也不要回农村。但是随着时间的流逝，父母在慢慢变老，我爸他也觉得现在精力有限，红心柚需要发展，也需要年轻人加入，想我早点回来帮他一下。之前一直在犹豫回不回来，但最后在他的要求下，我就回来了。面对这种情况，不做不现实，不做好更不行，不可能让红心柚在我们这辈人手上搞砸了，只能让它实现新的跨越。刚开始回来的时候，在三元的果园里面待了两年（2013—2015年），父亲就让我跟着工人一起做，学习怎样施肥、在什么季节除草打药，我跟着熟练的工人学到了红心柚的基本种植技术。你不亲自去干，就不知道什么季节做什么事，一年四个季节，施肥的量也不一样。

我父亲本身就是长期做这行的，技术上我不用过多地管，我主要是探索发展模式，探索一种可持续发展的模式。我父亲他们以前也有自己的基地，带动了一批农户，也是果园＋合作社的形式。我回来后主要是推动产业链的完善，将产品链条延长；在销售方式上创新，比如进入淘宝、天猫等网络平台。我们是二代创业，也遇到一些瓶颈，主要是现在农村劳动力严重短缺，找不到工人干活，有时候在施肥的季节找不到劳动力。这种情况就倒逼我们去探索使用机械化智能化的生产方式。庙坝村，是我们的核心产区，这里曾经也是贫困村。我们在这里租了300亩地，实行全程机械化种植。我们在这里试验示范，全面实行机械化，不过前期投入大。

我们现在是"一园三基地"，即：一个母本园，水天坪、庙坝和梯子河三个基地。我们探索生产管理流程标准化，统一技术标准、统一施肥、统一用药、统一修枝整形、统一病虫害防治，按照我们要求做到"五统一"。按照我们这个要求做，我们再统一销售产品，这样产品有了保证，果农也有了收益。

智慧果园

2015 年开始有想法做智慧农业，直到 2018 年正式进入实质性阶段。这是农委的一个产业扶贫项目，业主是三元镇政府，我们是使用方，我们和村上签订合同，每年给村集体进行固定分红。

智慧果园做起来后，成本降低了，施肥更精准了，水果的品质更能得到保证。智慧果园从产前监测（土质肥力等）、产中监控（施肥、浇水）、产后溯源（二维码分区域固定视频）等，全过程进行数字化管理。这里的 500 亩果园分为 6 个区，溯源不能追溯到具体哪棵果树，但能追溯到出自哪片区域。智慧果园还做了生物链防控，现在是智慧农业系统，监控空气、土壤、水分的监测数据，实时传到控制中心，进行分析，该浇水的时候，就通过系统提示我们，手机就可以控制水肥一体控制中心实施浇水。比如叶子发黄有病变时，专家系统会自动分析，产生预警，提示你应该打什么药。基础数据是农科院前期录入的。目前，农药还是人工喷洒，以后还会搞无人机飞洒。

希望政府投入越多越好，当地镇政府也有很多政策。脱贫攻坚以来，政府完善了很多基础设施，对产业发展有很大的帮助，也通过这个产业带动了很多贫困户。现在又开始乡村振兴，丰都农业产业发展规划是"1+4+X"，"1"就是畜禽，"4"就是红心柚、花椒、榨菜、生态鱼。三元、双龙都有红心柚，相信在乡村振兴中这个产业会有更大的作为。

我们丰都红心柚早在 2011 年就已注册了"地理标志证明商标"；2019 年开始申请农业农村部的"农产品地理标志"，目前已经通过重庆市农产品质量安全中心审核，已进入农业农村部农产品质量安全中心的终审阶段。

合作社与区域公共品牌

产品要靠市场推动才行，完全靠行政推动不一定是好事情。政府搭台、企业唱戏是可以的，没有市场的推动，产品卖不出去，最终伤的是果农。丰都红心柚是区域公共品牌，大家都叫丰都红心柚。以前一般都是农户自产自销，但商品化、品牌化还不够。现在我们是基地＋合作社，销售是以公司形式销售。2003年，我们注册了"红友王"商标。

合作社有农户100多户，长期固定社员有几十户，社员的果园有的几亩，也有的十几亩。我们成立合作社，是让大家抱团发展，让大家收益有保证。我们对合作社社员的柚子进行保底价收购，2.2斤以上的，8元一个；1.8～2.2斤的，6元一个。同样的技术标准，同样的品牌包装，然后拿出去卖。不是合作社社员的，他们自己也在公路沿线卖，比如在丰垫公路沿线的梯子河，也有水果贩子去收。这些地方交通方便，果农宁愿自己卖。专业合作社的果子，我们就是走批发市场。按照"五统一"要求栽种的，才能用我们的品牌。有些种植大户已经不需要我们过于监管了，能卖出高价钱，他自己就愿意按照我们的要求来做，他自己主动就会这样做。自己的标准化果园加上专业合作社的果子，我们也可以装礼品盒，一盒4个，100元一盒。企业也有定点营销，在丰都也有自己的门市，在重庆也有档口。季节到了后，很多老客户自己就来了。随着互联网时代的到来和物流体系的发展，这两年我把重庆的档口撤了，主要从线上走货了，比如淘宝、微商。

创业成就感与责任感

农业本身是一个投资长、见效慢的行业，自己做果园是很累的，花的精力非常大。但是回家乡创业，自我实现价值更高，也更有成就感。现在慢慢地就有一些创业成就感了，比如看到农民收入实实在在地增长。社会责任感也要比在外打工更强一些。别人问你做什么呢，说我们做丰都红心柚的，这就有种自豪感。以前在成都，可能日子过得好些，但没有荣誉感。丰都红心柚，不能在我这一代人手上搞砸了。若在我这一代砸了，则对不起生我养我的这片土地。社会的压力让你只能继续往前走，不断地去探索原来一直没有做过的事情，比如搞智慧农业、进行产业延伸这些。我们正与厦门一家生物公司谈合作，这家公司需要柚皮苷。刚好我们在疏果的时候，会摘掉一些幼果，他们就能从果径小于3cm的幼果提炼柚皮苷。100斤幼果能提7%～8%的柚皮苷，目前正在试验。

社会服务协会方面，我们成立了重庆市丰都红心柚协会。在各级政府部门的指导下，协会成立以来主要从事丰都红心柚的科学种植、加工和产品销售，带动协会会员和农民增收致富，协会按照种植区域化、经营规模化、服务社会化和产品市场化的思路，紧紧围绕提高红心柚种植组织化程度、专业技术水平和助农增收为目标，最大限度地发挥协会的作用，扎实开展了系列活动，收到了较好效果。我们正在与重庆市农科院果树研究所合作，我们协会提供了30亩地，和市农科院一起建立科研示范基地，让专家在科研示范基地进行品种选优试验，一个新品种选育一般需要五六年，从选优到遗传稳定性等方面都需要花时间。这个基地也为农科院中国柑橘研究所对丰都红心柚技术标准制定提供了实验便利。

农业这个东西，完全讲情怀也是不行的。我们首先是要活下去，只有生存下来了，才有资本去讲情怀。有了情怀就好好做，选个好点的地址继续干。存在的一个主要问题就是贷款难。国家本来已出台了生物性资产抵押贷款相关政策的，但银行不承认你的生物性资产，有资产但没证件也无法抵押。这是我们做农业普遍遇到的问题。

实在的海惠

海惠很实在，组织我们参加培训，让我们出去见识外面做得好的农业。他们在细节方面也做得很好，工作确实做得很细。我们也参加做一些，但没有他们多，像那个唐老师，跑丰都就跑了好多次，他们是真正帮助大家的。海惠非常认真，绝对的正能量，不像其他有的就是摆摆样子，而海惠是实事求是地了解我们的困难，实事求是地在帮助我们，我们能感受到。

访谈对象：李治君，男，1987 年生。重庆市鸿勋生态农业开发有限公司
访谈及整理者：冉利军　李海燕
访谈时间：2020 年 10 月 5 日

📖 **访谈手记**

儿时一心跳出农门的李治君，真的跳出农门后，却在父亲和家乡的召唤下，回到家乡干起了曾经最不想干的农业。他回乡后，通过智慧农业、电商平台、技术研发合作、产业链延伸等等项目，为家乡的红心柚产业带来新的元素和新的发展。这种带动家乡发展的创业，让其有一种自豪感、成就感，同时也有一种深深的责任感，让他在传承和创新中继续往前冲，使家乡红心柚产业不断发展壮大。

李世荣：养殖业不会过时

从卖猪到养猪

我已养猪9年。以前在外面打工一些年，主要是做工地上的活，有什么活就做什么活，简单说就是做体力活。后来，为了照顾小孩、老人，我就回来了，出不了门。回来后，就做卖猪崽儿的生意，当时用农用车拉猪崽儿，有时候拉一车就能赚好几千元。我觉得猪生意还可以做，利润还行，就建议妹夫谭正华开养猪场，他在2008年开办养猪场。那时候，我继续做卖猪崽儿的生意，也卖商品猪。2012年，我才建了自己的猪场。猪场建立起来后，我就不再做卖猪崽儿和商品猪的生意了。猪场开始没上规模，我们一点点发展，陆续扩大规模，现在有七八百头的规模了，母猪有四五十头。这在丰都全县算不上规模大的，算中小型的吧，不过在我们农村还是算不错的了。

现在政策鼓励支持生猪养殖，新一轮的养猪支持对我们没有太大的影响。中国的猪市场这么大，这对我们的影响不明显。只是养猪的人多了，养猪的密度大了，疫情多了，就更怕相互传染。

我们这里养猪的人多，我们一个村里，规模在200头以上的就有几十家。这一两年行情好，所以最近这一两年才起步的也多；喂猪喂了七八年的，也只有我们六七家人。我们这里海拔在1100米左右，养殖业可说是这里的主打产业，种植蔬菜、烤烟这些也很不错。烤烟这个项目我也没丢，流转了几百亩土地，附带地种一下，种烤烟的农活少一些，季节到了、忙起来了，请工人一起做就是。养猪才是我的主业，猪的投入也大一些。那么大的投入，不集中精力去做好不行，我主要的精力就放在养猪这边。

共同防疫

我们这边还没有非洲猪瘟。我们这边气温不高，空气清新，猪瘟对我们这块儿没有威胁，这几年都没有感染过。不过，我们还是注意防范。我们这些养殖大户有一个统一口径、统一标准，那就是不能从外面拉猪进村来。特别是我们先喂猪的这几家，也是相互看着的，随时都是相互沟通接洽着的。为了避免病毒，我们都采用自繁自养的方式，因为引种次数越多，带来的病毒就越多，疫情防控期间，都是外面做猪生意的贩子们来我们这边拉生猪，当场就给现钱。这些猪贩子其实也是各有各的渠道，他们也是以营利为目的。我们是看谁给的价格高一点，就喊谁来拉，当然也还是要讲诚信的。疫情以前，我们一般就是自己把生猪拖到丰都、石柱、重庆等地的屠宰场，还得给他们付屠宰费。屠宰场其实也是一个交易市场，我们不用再专门拉猪肉出去卖，那些买肉的人都是直接到屠宰场来买。这里的价格信息都是公开、明确的，全国、全省的价格信息都知道。现在要比以前方便些，自己拉猪去屠宰场，价格当然要高点，对于我们来说要划算些，但是风险也要高些，任何事情都有利有弊。那屠宰场里，各地的猪都有，你也不知道哪里的猪有病，不知有什么病毒，你的人、车到了那里，就可能把病毒带回来。所以，我们现在基本上就不拉到屠宰场去宰了，都是他们自己来收。

喂猪也要把握行情，我2017年养猪亏了，大约一头猪亏了300～500元，总共亏了十几万元，其余年份都赚钱了。资金投进去了，也抽不出来。要说创业困难的话，最大的困难还是资金问题，这会影响发展的步伐。

来自内外的支持

我们的养猪技术基本上是没有问题的。最初情况是这样的，我们当地有一个人，在外面的大猪场给别人打工，打了整整3年工，把技术学会了。2008年左右，他回来建了一个养猪场，做得很好，就把大家带起来了。他现在也还在养猪，规模大。我们这个养殖业，任何时候都不会过时，因为人都要消费的。

现在，畜牧局和农委合并了，他们会牵头把大家组织起来，请那些比如说饲料厂、兽药厂的专家、讲师来给我们讲课。这些人也愿意来讲。如果不是干这一行的，对这一行不懂的，讲起课来要遭人笑话的。

饲料方面，我们用的都是品牌饲料，如正大饲料。除去圈舍等前期投入，现在最大的成本就是饲料成本，饲料占养殖成本的 30%。疫情之后，饲料的价格有所上涨，但涨幅不大。除了喂饲料外，我们还会喂豆粕、麦麸、玉米等，玉米花费占喂养成本的 40%。我们会分批次购买喂养的食物，因为雨季不利于存放饲料。一般情况下，猪在 6~8 个月出栏，6 个月会有 250~260 斤，8 个月的猪有 300 多斤。我们的猪基本上 7 个月出栏，有时候行情不好，也有压半个月、一个月的情况。我们基本上随时都有猪出栏，可能有的月份出栏多，有的月份出栏少，这主要取决于母猪的生产周期。

喂猪这方面，我不请人，主要是家里人在做。这养猪啊，也不好请人，简单地说，毕竟投资进去那么多，还是自己去做更放心些。而且，你请的人，他就是上班制，下班后就不管了，这怎么办？我们养的不是商品猪，要是商品猪的话，就把那几顿食喂了就了事，最多就是再查一下病、除一下粪。但我们是喂母猪，自繁自养，你请人的话，他下班了就不行啊，因为母猪生产的时候，随时不能离人的。

越来越严的环保标准

我们这边的路现在修好了，国家把路修得好，基本上每户都是通了水泥路的。我们这里不是贫困村，那几个干部有点厉害，曾经还把这里弄成小康村了，这也算是一个名誉。

我们早就开始养猪了，那时也没请人规划，也没什么超前意识，也没严格按照标准建造。目前，对我们这种层次的养猪场来说，国家不扶持也不制止。我们去申请过补贴，但畜牧局等部门觉得你没达到标准，就不能给补贴。当然，只要环保标准过了，不乱排乱放，他就不会干涉制止，他也不可能干涉你，不准你养。现在这个环保达标了，但是他们就是不给环评证书，他们检查验收通过了，就应该给环评证书的，但是他们说我们的布局不合理，可是我也不可能推倒重建啊。按现在的正规程序、正规标准，比如说栋与栋之间要间隔 5 米，要有绿化带，你说我们这农村怎么可能达到这些标准。国家是 2015 年下半年才开始提出严格的养猪场环保要求，我们是 2012 年就建了，那几年还没有这么严格的环保标准。

我们接触海惠是因为我当时去参加烤烟培训会，他们说有一个创业大赛。我们本来就已经办了营业执照的，就去参加了比赛，就顺利进入这个项目了。海惠搭了一个专业平台，给我们创业者提供一个相互学习的平台，这对社会发展很好。政府、村上也给我们组织过很多培训，特别是农委组织了各种各样的培训。

创业者：李世荣，男，1974 年生。丰都县李世荣生猪养殖场

访谈及整理者：冉利军

访谈时间：2021 年 3 月 26 日

访谈手记

　　这个村里，凭着一人在外地猪场打工所掌握的技术、经验，而回乡带动全村多户人家养猪。外出务工的李世荣，因为照顾老人、小孩而回家，先做猪生意，而后自建养猪场。全身心投入养猪场的他，关心猪瘟防控，关心环保标准，关心养猪政策，关心市场信息，有其"养殖业不过时"的行业判断，也有养猪不便请人的经验。这些创业叙事，让我们看到一个村落的产业发展，外受政策、市场的影响，内靠家人和当地熟人在社会上的支持等当代中国乡村创业实践。

外来产业的

社会嵌入

李　柏：我们跟那些大资本创业没法比

跟风与坚持

2012年，我从成都工业学院毕业后，就进入通讯公司工作，那时每天对着电脑，脖子疼得不行，就想着回乡创业。上班上了几年，真就回来了。回来找点什么事做呢，当时就跑到董家镇去看了花椒，也到其他地方看了一些东西。听董家镇的人说种花椒很不错，当时虽然我什么都不大懂，但种花椒已经有一套完全成熟的体系，可以直接搬过来用，而且找师傅学也近，到处都可以学得到，所以就开始干这个了。但我们双龙镇这边种花椒得不到政府多大的支持，因为本村以发展红心柚为主，花椒不是主业。种花椒是邻近的董家镇做得好，那边的扶持力度大。

我主要种植花椒，今年也在另外的地里开始种金银花，其实就是今天才把苗种下去。我种花椒是2016年上半年开始的，当时我们双龙没有种花椒的农户。要是我再晚半年做选择的话，我肯定就不选种花椒了，但现在已选了，也没得办法了。2016年底2017年初，完全疯了一样地，大家一窝蜂地都来种花椒了。这当中肯定也有政府在推，各种扶贫项目到处有。如果是后面来选，我就不搞这个了。你想，就是这干花椒，2016年卖60元一斤，2017年卖50元一斤，2018年卖40元一斤，2019年卖30元一斤，去年20元，甚至十八九元都在卖。这价格一年少10元，谁受得了啊。今年应该要好一些，因为去年很多人就放弃种花椒了。有的老板实力强，转产也很容易，请挖土机来把花椒树刨了，就可以重新种其他的。不过，只要能坚持，肯定还是有收益的，半途而废是没得收获的。只要这个行业还在，只要还有需求，就是有希望的，就像那些养猪的，只有坚持才能有收获。

不能错过农时

花椒种下去，一般要第 3 年才开始有收成，管得好的可能第 2 年会有点收成，但一般都是第 3 年有收益。我是 2016 年种下去的，2018 年就有收成了。我现在有 100 多亩花椒，流转了一些土地，一亩地每年要 150 元，自己家是不可能有这么多土地的。今年的花椒已经看得到了，预计大概只有 2 万斤鲜花椒，还是没管理好。这个种花椒，该做什么的时候，就一定得去做，每个环节都要做好，每一个点都很重要，要是哪个环节没来得及做、没做好，后面就没法补救。比如说，到了那个时候，连花都没开或者花掉了的话，你不可能让它重新再开。农业技术和管理，对产量有很大的影响。

我们也要请人，不然这么多活，自己也忙不过来的。不过我们都是临时性的、突击性的，当需求量大的时候就请零工，80 元一天，平时差不多都是自己干活。不过这个花椒种下去，平时也没好多活可做，只有那几个时间节点很关键。

我们会做一些粗加工，比如说烘干。有时也会将一些鲜花椒抽真空后发货出去，但这种很少，一般都是弄干了的。销售主要是走批发，也有贩子来收；有时候也有餐馆来拿货，或者我们送过去。这个市场不是你我能管控得了的，我们自己只有把产量、品质提上去才行，节约成本，做好品质，提高产量，无论什么行业都是这样，只有这样才能多得点利润。

区域性品牌

我们还没有去申请商标，去做品牌。说实话，我觉得没有这个必要，也没有谁会认可这个商标。花椒一般都是申请地理标志，有一些区域性公用品牌，如江津九叶青、韩城大红袍等。整个丰都乃至整个重庆都是九叶青，你自己也不可能去整出另外一个品种出来。像我们要去做一个品牌，是很难做出来的，太难了。我们这个花椒，你也做不出什么特色，别人凭什么就觉得你这个不一样呢，是你这个味道更麻、颜色更好吗？所以说我觉得没有必要。要打造一个品牌是很难的，我们也没有办法去承受这个成本。我们这些小众创业，跟那些大资本投资，是没法比的，他们可以把什么都做好；我们这些常常是挣点钱来就又投进去了。每个人的精力、想法也是不一样的。

我们这边花椒行业也没有龙头企业，准确地说就没有什么企业，最多就是种植大户、合作社。我们这个行业比较粗浅，没有什么延伸产品，除了少量的医用，最主要就是食用，产品大不了就是花椒面，有个机器大家都可以磨面。我们这个产业链太短。

我就是在我们老家种的花椒，要说对老家这边有什么带动呢，实话实说，除了有就业、务工的作用，最大的贡献就是没让土地继续荒着。我在村里担任职务，也是村上的致富带头人，带着几个贫困户一起种花椒，需要劳动力时也会优先聘请贫困户。村里的工作也会耽误太多的时间，也很累。我们这边政府主导的是红心柚，董家镇那边主打的就是花椒。有政府推动，那效果还是不一样。我们进入花椒种植的时机也不对，这两年行情不好，没赚到多少钱。别人都没看到我们赚到多少钱，也就没跟着栽种了。要是说行情好，看见我们赚钱了，他们肯定还是会来做的。这两年政府大力推红心柚，花椒也烂市了，所以我们的带动效应不大，不过也有几户拿着树苗去试着学。也不是说就没希望了，对于我们来说维持着走就可以。但一个行业不行，我们也还是试试种点其他的，看能不能找到另一个出路，所以今年就试试金银花。我们都是求生活嘛，还是想过好点。

基础设施很重要

我们这里是非贫困村，我们这个产业路还没修上去，是我自己出钱修了一条土路上去，恼火得很。入户路都是水泥硬化路，但产业路没修好。水池、产业路这些配套设施还没有。他们红心柚种植的产业路，政府是支持修好了的。一旦政府支持了，水池、水泥路等这些基础设施就会修建好，这对生产的影响是很大的。

路是很关键的。你别看我们花椒小，带着枝条收下来就有几十吨，还是要用车拉的，路不好不行。做农业，基建设施绝对是重要的，水和路是最关键的。这些配套设施没有就不得行。之前我们安装三相电时，就闹了点矛盾。不管哪个行业，就是工业也都需要基础设施、配套设施。任何产业都是有上下游配套的，不论多大的集团，也不可能所有东西自己做，不可能一个人把钱赚完。

对政府的期望就是希望把产业路修通。基层政府也有局限性，也只能是向上面要项目，也还是要找上面的，不过他们也还是在帮忙。农委有专门的种花椒培训，专门来看过，还送来了肥料，给我们测土、配方，看我们这里是否适合种这个花椒。最大的困难其实还是理论和实践有差距，比如师傅讲清楚了，自己也认真学了，但自己回去做，可能还是做不到位。具体说到我们这行，比如说就是我们的病虫害没防治好，别人说了要怎样做，但我们自己还是没做好。

我们也是通过政府接触的海惠。海惠对我们主要有三个作用：一是提供了资金借款；二是搭了平台，我们至少多认识了几个人，现在人是最关键的；三是培训，当然他们不是说专门培训花椒怎么种，而是从创业思路、创业方向、创业境界、减少创业风险等方面的培训，只要去认真听了，肯定是有收获的。

创业者：李柏，男，1990年生。丰都县七玥花椒专业合作社
访谈及整理者：舟利军
访谈时间：2021年3月26日

📖 访谈手记

不同地域、不同时段，进入同一个产业、行业的效果可能也不一样。董家镇支持发展花椒产业较早，也形成了比较成熟的技术、经验，带动了一批农户种植花椒，但也同样无法左右市场行情。李柏对花椒产业和自己的产业定位有清楚的判断，如个体无法影响市场行情，就重在不误农时、提高质量；种植大户个人无力打造品牌，意义也不大；水、路等基础设施对农业生产十分重要，政策扶持力度也首先体现在基础设施建设方面。

李靖烨：凭质量、凭良心长期做下去

我当了两年的义务兵，退伍的时候，给我们分配了工作，是在重钢，每月有两三千元钱的工资。后来我结婚了，生活压力大，想自己出来干，觉得自己创业好些，自由些，不想给别人打工。俗话说的是：宁愿当一分钱的老板，不愿当十分钱的丘二（丘二是川渝方言，意思是为老板打工的人）。2011年，当时恰好遇到树人镇有个餐馆要转让，我就把所有东西接过来，那老板还把手艺也教给我了，我就开始慢慢自己做生意了。

想做高质量的花椒

后来，我参加一个微型企业培训，感觉政策不错。早在2000年左右，我们老家这边就已开始种植花椒了，是从江津那边引过来的。这些人都还是按照传统方法种植，我也就利用亲戚和周围邻居的土地，开始种植花椒。

我们年轻人，接受能力强一些，我就不按照传统经验做，想做高质量的、有机的生态产品，就亲自去做、亲自去学。种花椒的农户很多，但他们追求量大，不讲特色，不讲质量。有的使用农药、普通化肥等，为了追求产量。我尽量少使用农药，即使要用也要用那种低残留的农药。也不用除草剂除草，而是人工除草，毕竟除草剂、化肥的长期使用，对土地还是有影响。传统种植主要使用氮肥、磷肥、钾肥等传统肥料，我主张用有机肥，用土灰肥。用这种方法种的花椒采摘时要晚一些，让花椒充分成熟。花椒采摘后，为保证质量，我们要把杂质、花椒籽全部剔除。

以前去一些产地学习，学的就是如何把产量提高，他们追求的是产量，他们还早采，他们还"烤包子"，就是把早采的花椒拿来用开水烫，然后烘干，花椒籽都会包在花椒里面，这样花椒就更重。其实花椒是不要那里面的花椒籽的，是要看开口率的。市场上有的人看花椒，去看颜色绿不绿，其实主要是看麻不麻，花椒表皮皱纹多不多、密不密，花椒要越老越好。这一两年这些产地的问题就暴露出来了。像我们的花椒也跟着受牵连了。之前就有朋友来教我，说怎样做更赚钱，我一听就是那种做法，我说你莫说了，这种我晓得，但这种方式你就只能赚一两年的钱。我们是要长期做下去的，是要凭质量、凭品牌、凭口碑、凭良心的。

要说创业困难的话，主要是劳动力成本在增加。村里的年轻人不多，请的临时劳动力，主要就是五六十岁的人，四十多岁的就很少。摘花椒、除草、施肥这些活要请人工做。其他人一般给的是五六十元一天，我给的是 80～100 元一天，中午还管一顿饭，所以我一年的人工费差不多一万元。

销售先包围县城

我们自己做销售，也申请了商标，尽量品牌化。我们这个叫"水磨洞青花椒"。关于这个水磨洞，我们这里有一个传说。它以前是个水电站，下面有很深一个水潭，传说这水潭下面有龙，还有一个古老的钟，里面盖有宝贝。以前大家想在这水潭捉鱼，用抽水机抽水，但每次水抽得快要干的时候，天就打雷下雨，所以说这里的水就从来没干过。

我们主要加工成干花椒，烘干；也真空包装一些鲜花椒，鲜花椒真空包装后，加冰袋，用泡沫箱快递出去。我们总产量不大，我自己 30 亩地，一般一亩地种 100 棵花椒树，每棵树收获 10 斤花椒，每亩地能产 1000 斤鲜花椒。烘成干花椒的话，一般是 5∶1 的比例，每亩地能有 200 斤干花椒。我们能自己加工、包装，也有自己的冻库，足够自己使用，可以全年销售。

不过产量毕竟不大，我们以质量取胜，现在主要是销往丰都县城，我们先包围县城，把丰都麻辣鸡块、火锅店等花椒需要量大的店拿下。也有外地人来丰都收购花椒的，江津那边市场大，丰都总量不大，也没有一个批发市场，所以江津的价格能影响我们丰都这边的价格。我这里的花椒比市场价格要高一些，因为健康、无农药残留，麻度也高，花椒质量如何主要看麻度。但是大部分人还是选择那些量大价低的，因为他们拿去可以赚得多一点。比如说，来收购的人按 20 元一斤收了，他拿去可能 23 元一斤卖给批发商，批发商又拿去可能 30 元一斤转给经销商或超市，最后才卖给消费者。我们是直接卖给消费者，卖给这些大量用花椒的店，避免中间商赚差价，所以也还是有价格优势，以后还可直接对接沿海的干货市场。

政策与社会互助

多年前，我们这里就有这些花椒产业，原来种了很多，如果说现在不种花椒的话，还能种什么呢。种柑橘，柑橘也烂市了。所以我想把花椒种植改变一下方式，改变一下模式，做起来让它有特色一点。我也是致富带头人，也是想通过这种方式，让大家看到我们这样好，让大家愿意像我这样追求花椒质量，而不是单单去追求产量。发展得好，发展得多，量自然就大了。在种花椒之外，我自己作为年轻人，也还有个小门市，给人安装监控，比如说乡村里面有人要照看鱼塘、猪场、山林，可能就需要安装监控。这个业务一个月也还是能挣一两千元钱。我以前是我们花椒支部书记，现在是村支部书记，前不久才换届选上的，村支书补贴现在也有 2600 多元一个月。

我们也有个合作社，在另外一个村那边，有十几户农户参加，共有 500 多亩的花椒种植地。树人镇算是丰都的花椒大镇了，花椒算是这里重要的经济作物。在丰都县内，树人、湛普还有董家是花椒种植比较多的几个乡镇。丰都县里有花椒协会，但没发挥什么作用，有些卖农药、卖化肥的也在这协会里面，对经营、发展作用不大。

我们这里也不算贫困村，乡村振兴今年才真正开始，暂时还没感受到政策变化。要是以后我们这里能争取作为乡村振兴示范村的话，基础设施、风貌改造这些项目就会多一些。现在硬化路、产业路都是有的，真正的创业，完全靠自己。补贴，是锦上添花的。有补贴也好，没得到还是得自己干。比如说，像我们退伍老兵，有贴息贷款政策，但银行都说不可能、不知道，我们去贷款都必须得有抵押才行。所以，我们有时候差点钱周转，就是在支付宝的借呗上借一点。对于普通创业者来说，社会化组织可能靠谱些。像海惠这种社会服务组织对我们帮助还很大。

丰都也成立了一个农机方面的社会化组织，好像就叫"丰都社会化服务组织"，是由丰都农机公司牵头的，成立的社会化协会，全县种植大户加入。设想的是若有补贴，比如机械化、农机补贴等，就通过社会化组织来实施。现在的农机补贴，基本上都是给农机大户。我们也在探索团队互助，比如说我们这里面有种桃子的、种李子的，可以互相帮助，因为季节、时令不同，工人及其设备等可以相互借用、相互帮助，在用无人机打药的时候我们就试过。

我们跟海惠的接触，是因为当时农委的人说有个创业大赛，让我们去参加。我当时以为这种创业大赛都是内定了的，去看了之后觉得还不一样，确实不一样，是真正层层筛选出来的，从 60 个创业者中选了 30 个。海惠，无论是对创业者的帮助，还是对创业企业的帮助，都是很有针对性的。他们帮助创业者实施创业致富的手段、目标都要大一些，行为、措施也更有针对性、目的性，感觉有点像创业孵化园了。以前没接触过这类社会组织，现在有比较了，感觉人间还是温暖的。要说希望的话，要是能有推广平台，把我们种植、生产的整个过程展示出来，帮我们宣传推广，那还是会有很大帮助的。还有汇丰给我们的这个 5 万元循环贷也很有帮助，半年才 1000 元利息，一年才 2000 元利息。这样我一年其实只给 2000 元利息，就能有 5 万元的周转资金，基本周转就够了，这就很划得来。这个循环贷，可能是只提供给我们这 30 名进入项目的创业者。

创业者：李靖烨，男，1989 年生。丰都县靖烨花椒种植场
访谈及整理者人：冉利军
访谈时间：2021 年 3 月 23 日

📖 访谈手记

要树立一个区域公共品牌很难，但要砸烂一个公共品牌却很容易。在当今的信息化时代，创业者如果不讲信誉、不遵守行业规范，是很难立足和长远发展的。"烤包子"这种做法让重庆花椒声誉大受影响。李靖烨坚持花椒质量，拒绝短期获利的诱惑；销售上也不舍近求远，而是主要直供丰都县城的麻辣鸡、火锅等花椒用量大的店铺。不论大环境如何，凭质量、凭良心总能走出一条自己的路。

毛　进：想走出一条既省人工又生态的农业之路

家属支持创业

我家属（毛进）没工作，只会干农活。她创业，我就支持她，要技术力量我就给她请技术，要资金就支持资金，要劳动力就支持劳动力，差什么就支持什么，反正全力支持她自己创业。

我们是搞中药材种植，当时是觉得中药材会越来越被重视的，现在中药材也在走向世界。中药材能够综合防治一些病害，有的还是药食同源，有些药可以当食物吃，可以用来解决温饱，有的可以治病。我学过农学专业，初中毕业后共学了 8 年的农学，其中在涪陵农校学了 4 年，在中央广播电视农业学校学习了 4 年，后面又在农业服务站工作，既管工程又管技术，做了一二十年。确实，学的专业和工作经验都可用在现在这个创业上。

从蔬菜到中药材

开始的时候，我们其实是种蔬菜，当时叫毛妹蔬菜种植场。就是在 2013 年、2014 年的时候开始的，共有 50 亩地。感觉蔬菜市场虽然确实好，但我们的基地交通不便利，运输路程太远了，运输过程中蔬菜就不新鲜了。那新鲜蔬菜，不管天晴落雨都要拉出去卖才行，不然就赚不到钱，坏了就不行了。现在这个药材还可以存放、烘干，即使交通不便利，我也可以慢慢运出去。

全部改种的原因还有劳动用工方面的考虑：中药材种下去后，三年才收。蔬菜是每年种几季，农活太多了，但我们请不到劳动力，完全没有那么多工人。即使把几个村在家的人都请来，也可能忙不过来。种那 50 亩蔬菜，3 个村所有在家的人，都请来可能差不多。所以说改种药材主要有三个方面的原因：一是看到中药材市场潜力大；二是蔬菜运输不方便；三是蔬菜劳动力需求大，供不应求。

2017 年，我们就换了一个地方专门种中药材了。以前蔬菜基地是在龙河镇，现在是在南天湖镇。这两个地方都不是我们老家，这边也没有亲戚。有个朋友当时在这边种地，他说这片土地没人承包，荒了一两年了。我们去看了后，觉得适合种中药材。这也算是天时地利人和吧！我们就把这个事情做起来了。蔬菜那边就没做了，那边当时也是长租的，现在已经退租了。这边现在有 1000 多亩，租了 30 年，租金是 3 年给一次，每 100 亩地的租金 10 万元，这样算下来一年总共付给租金 100 万元。肥料以有机肥为主，一年花费 20 万元左右。两三年投入下来，差不多有几百万元，能借的、能贷的都去搞了。

种养结合新思路

现在中药每年都有收成了，主要有独活和大黄两个品种。2018 年独活卖了几十万元。今年可以收的独活有 300 多亩，每亩可产干独活 600～800 斤，湿独活 1000～2000 多斤不等，这与采摘季节有关。可收的大黄有 60～70 亩，明年可收的 200 亩，每亩地栽 1800 株，可收 1500 株左右，每株可收获 8～10 斤，1 亩地可收获 1 万多斤。

今年计划发展另外两种，还有一个计划是实行种养结合。一个是养蜜蜂，养了几年了，只是 2020 年时家属上重庆管小孩了，没请到养蜂技术员，暂停了一年。今年准备重新聘技术员，再养蜂。今年还准备放散养鸡，我们这基地里草很多，人工除草一部分，还有的就是让鸡、鹅进去吃，去吃草。我们那药材叶子是苦的，而且那药材一般会长到一米四五的样子，鸡吃不着叶子，只能吃草。这样节约人工成本，节约施肥，鸡屎也可以当肥料，也利用起来了。开花的时候，虫子、废叶子，也是鸡、鹅的美食。我们今年就准备推出中药材＋散养鸡这样一个品牌模式。我们这个鸡是绿色生态鸡，也是生态环保的，没有重金属和激素，对人们身体无害。其他很多鸡 40 多天就长大了，我们的鸡吃的都是野生的，不打除草剂，也不打农药，很生态。这是我们的发展思路，想到对农民、消费者身体健康有益，所以我们也叫"帮你康"公司。这个思路正在实施，准备喂几千只鸡来试一下，效果会怎么样，会不会像我们设想的那么好，七八月份观察效果，因为现在药材正在发芽，还不能放鸡进去。但我们坚持这个思路不动摇，想形成一个完整体系。

结合旅游发展，我们今年还有一个思路是准备发展观花；另一个，根据药食同源，我们也会种植与鸡配伍的中药材。

劳动力太缺了

我们不愁药材的销售，药材厂都晓得我们有什么，直接会找我们联系，我们不考虑销路的。现在都是别人来找我们要货的，要100吨、200吨的人多。我们现在最大的问题是没有人来挖药材，比如说我们种的独活，现在每年都可以挖，但是我们有的4年多都还没挖。很难请到工人，成本也高得很，因为我们这地方是旅游区，人们都去做旅游相关的事情去了，请不到工人。这边人工成本已经增长到160元一天了，旅游把整个工价抬起来了。旅游旺季的时候，也正是我们生产季节。还有就是有的人去挖笋子、挖药材，他一天能挣五六百元，我们哪能给这么高呢。要是去其他乡镇接送工人，车费成本、安全风险等等也是问题。劳动力缺乏已经严重制约了我们发展。药材也无法用机器来挖，有的药材根茎有五六十厘米深，机器也不好挖，机器挖破坏大。因为地里有一年的、两年的，但需要三年以上的才能挖，才能入药。机器挖的时候也不会主动识别药材，也会破坏一些，所以确实需要人工挖。我们现在每天也是一二十个人在做，从不同乡镇去拉的人来做。人工方面一般一年费用在70万元左右，高峰时工人有三十几个，最少的时候每天有六七个工人，高峰期工资150元/天，平时100元/天，挖中药时按斤给工资，5角/斤。

对政府项目的希望

国家还没重视中药材的烘干房。现在我们也没有烘干房，有时候还要拉到其他乡镇的烘干房烘干。政府对我们的支持力度小，基本上没什么支持。有三个方面的希望：一是基地的机耕道产业路硬化；二是烘干房建设；三是促进适当的机械化，解决劳动力缺乏问题。今年400亩药材，一亩药材一般有2000斤，一亩大黄还达到七八千斤。路不好，药材要运出去很难。我们自己修路，花了几万元。不过，硬化路是修到农户家门口了的，问题是我们的基地是在荒山荒坡中，没有农户在上面，所以此前没有修硬化路上来。

乡村振兴可能也会带来一些改变。那些专门搞项目的人，熟门熟路，更容易得到一些支持，这方面我们没有优势，这些都是些深层次问题。我们只有自己走路，能支持就支持，先干起来再看，到时候认为这个事可以做大、能搞好再说。

现在是请人请不到，中药要挖没人挖，路又不方便，难得很。想干事的人，不一定得到的支持，不干事的人，反而可能拿得到一些东西，所以项目资金反而很多落不到实处。我们搞这么多年，没人说给你修个烘干房，道路、水源，没有这些后续支持很恼火。前三年完全是投入，也没有钱去建烘干房、仓储、道路，但做起来后，这些东西的影响就大了，做农业压力大啊！

也是政府把我们推上去，接受学习、培训，才接触了海惠。以前没接触过社会组织，这是第一回。在海惠项目中，收获肯定是有，但凭海惠的资助，力度还是太小了。比如我们修5千米路，要几百万元，硬件没起来。海惠他们是从软件方面做得好，这个关爱资金象征性地体现社会的温暖。

农业创业之难

农业创业是很难的，不是想象的那么简单。我们想在农业产业上走出一条省人工又生态环保之路。农业创业，我给它定位就是：与农业相关的事情，产前、产中、产后包括物流等都是与农业相关，要有一定规模，不是一两个人在那做就得行。这是我的理解。

产品要规模化、品牌化，品牌化就要求有品质，只一家一户形成不了规模的。土壤、海拔等，不同作物需要的条件是不一样的。我们是山区，机械化程度低，形成不了规模，不能像山东那些地方，可以大规模机械化种植。因为土地也是分到一家一户的，你想把它整合在一块儿，需要付出非常大的代价，有的人就是不愿意把土地流转出来让你赚钱。

我选的品种都是风险小的品种，失败的可能性小。自己也不要有压力，失败了，重新来过就是。市场和技术、资金等，都不是问题，最大的压力在于人工，请不到人，产量满足不了厂家的需要。当地的人都去工地打工了，做农业累，工价还不高。缺乏劳动力，过了收获的季节，有时候来不及挖出来，就坏在地里了。还有采用土办法来弄，有的挖出来后没有遇到晴天，晒不干就坏了，好可惜，翻晒成本也大。

创业者：毛进，女，1986年生。重庆帮你康生态农业开发有限公司
访谈对象：毛进及其爱人

访谈及整理者：冉利军

访谈时间：2021 年 3 月 27 日

📖 **访谈手记**

　　乡村创业离不开家庭的支持，家人的经济资本、人力资本、社会资本往往也成为创业者的创业资本。毛进从种蔬菜到现在转型种中药材，其爱人一直全力支持，缺技术就请技术，缺资金就给资金，缺劳动力就找劳动力，当然还有行业判断、战略思考、日常管理等方面的支持。对于生活在一起的家人来说，创业也是创业者家庭的共同生活方式，农业创业也是家庭共同创业。

秦　江：农业也要靠机遇和管理

我原来在电厂上班，上了 12 年班，之后又在高镇做了几年的建材生意。看到乡下荒芜的地方太多了，农村基本没有什么人，我就找我们合伙人说，搞农业。我们就这么搞起来的，最开始就是这样。

我和我合伙人是中学同学。他在丰都做母婴，是丰都县城很大的一家母婴店，也在重庆开了公司。他挣钱后就投资 100 多万元建设我们俩的这个枇杷合作社。我家里的人也支持我做这些，只是在开始的时候有点抵触心理。慢慢做了之后，发现钱都投进去了，不支持也没法，投进去了也退不出来。你也晓得农业都不好做，谁愿意做农业呢。我爱人自己在做生意，现在这个社会不挣钱怎么办呢，压力大。

枇杷果园

我们当时从网上搜很多水果的资料，发现只有枇杷有销量，还有对人体的营养成分，各方面相对来说就要好些，不像桃子、李子、杏子，吃多了凉性大。枇杷随便吃都没问题。我合伙人的老家离这里不远，他就说了这个位置，我就考虑到这里离城近，采摘、运输有优势，就决定选择这个地方。我们流转土地几年了，当时流转价格高，租金是每亩地 1000 斤水稻的价格。最近几年土地流转价格才便宜下来了，但现在我们也没法给人家便宜了，只有往前冲。果园是低收益、长回报的生意。这果园原来做了十几年了，我们转让过来才三四年。

果园里长期请有两个人，一个负责果树，另外一个负责果园的其他事情。我自己负责销售。他们两人一般领年薪，一年 3 万多元，为什么要采用年薪呢？就是担心农忙的时候，别人不干了，那时候又找不到人，最大的困难在于请人难。果园在山坡上，坡度高，请来的都是五六十岁的人，干起来很累。摘枇杷的人 60 元一天，挑枇杷的人 100 元一天，如果加班到下午 6 点，就是 120 元一天。枇杷的批发价 3 元一斤，每年销售收入有 70 多万元，利润有 20～30 万元。果园的效益还可以，现金交易，不存在拖欠的情况，即使是送货给超市，他们也会在每年 12 月份以前付清货款。

我们以前在果园里还养了鸡和猪，有 200 头猪，其中有二三十头母猪。母猪生产需要人守夜，每个月都在守夜，身体吃不消，后来就把猪处理了。鸡也处理得差不多了，现在只剩下十几二十只了。因为我在申报绿色食品，若有鸡在这里，环保就过不了关。从收入来说，肯定会有一定影响，但是没法，你晓得做任何一个产品，经营一个东西必须要品牌化发展才行。收入损失是短期的，必须要走品牌化路线，打造品牌。

到今年（2020 年），枇杷已经做 4 年了，我还有个规划。这些树年限有点长了，而有些种子落地发芽，就要嫁接一部分。另外我还想更换一部分品种，希望每个季节都有水果。单一品种的规模大了之后销售存在问题，因为季节性非常强，不像柑橘这些东西可以存放。枇杷多了之后很麻烦，包括采摘只有那几天，要是遇到下雨，就恼火得很。我想的是可以种点柑橘，这可以存放，还可以种点季节性的水果。比如李子，李子要上市早的那种李子，不要迟了的，迟了的话后面竞争大得很，现在到处水果多得很。农业这个东西，靠天的因素相当大，第二也要靠管理。

牡丹基地

我另外还有个牡丹基地，去年开始做的。那里海拔 700 多米，地理优势很好，后续的旅游发展会比这下面好得多。而且上面这个牡丹基地离南天湖景区只有几公里路，很近。最主要的是，那里的民房全部是老式的木板房，发展方向是乡村旅游，当地政府已经把设计方案和图纸做出来了。这次浙江专门搞民宿的张老师他们过来，看了后发现那个地方确实很不错。我后面可以修烤房、管理房，还是按照板壁房的模式修。上面是两人合伙在搞，下面这个也是两人合伙，但他没监管，他基本在重庆。

还有一个，上面是季节性的，不像下面基本上每个季节都有。上面只是 3、4 月份忙一下，然后基本都不忙了。就是现在开花了，可以开到 5 月份。6、7 月份的话，如果乡村旅游做起来了，还有民宿这块也有了，我另外还栽了点儿 7、8 月份出的水果。我想的是每个季节都有东西。牡丹园与果园之间有四五十公里的路程，就算要搞乡村旅游，这两个点也连不起来。

现在上面这块，如果完全由我自己投钱肯定很困难，得争取国家资金，自己也投一部分。乡村振兴这块，国家投入也相当多的，应该有机会。政府在上报项目，报了一个宜机化项目，就是适宜机械化操作，包括人行道、水池、管网这些全部修好，还有机耕道这些全部修好。只要把这些基础设施弄好之后，我以后就好多了。现在已经申报了，等批下来了才晓得，现在还说不清楚。那里已经被评为重庆市历史文化名区，都是古建筑这块。已经评了，证书也发下来了，后续肯定会有一定的资金支持。上面发展的情景应该比下面好，但现在是上面需要投资，而下面有收益，所以我重心肯定是在下面。等上面慢慢有一定收入之后，就可以把重心转移了，下面本来也有人在帮我管。

农业要靠管理

你看现在乡下荒地多得很，我上面那个基地荒得还要多一些。我也不敢多接了，接多了管理也困难。那上面的工人起码都是 60 岁以上，这些人做起农活来也很累的。像平原大面积的地方，不可能这么拿来种水果的。我们这个是山区地带，坡度比较大，种粮食也不可能。现在纳入退耕还林政策的，都有个坡度要求，坡度需要达到多少才能纳入，坡度平的不允许纳入，相当于就不允许搞果园，就必须种粮食。我们的粮食也应该够吃，只是国家政策、形势说不清楚。

谁家里也不可能有很多钱使劲投。做农业创业的，失败的例子太多了，使劲往农业上投的，倾家荡产也有可能。成功案例也多，比如孙祥那个苹果桃。一方面是国家支持，另一方面也是靠管理。总的说来，做农业有两个秘诀，一靠机遇，二靠自己管理。

我这些管理经验也是一步一步学的，还有在网上查。我们经常出去学习，到处去学习。海惠这块确实做得很好，包括对我们的支持，添虹老师经常打电话问发展到哪一步了啊，现在是什么情况，等等，确实很不错。海惠组织到河北和浙江学习的这两次，我都没去成，太忙了，实在走不开。我之前是在丰都、万州乃至湖北这些地方学习过。农委有个科学化品牌建设科，像我们搞品牌化建设都在他们这个名目下，一般哪里有培训，他们就通知我们去学习专门做这种的。当时也是通过农委得到海惠这个信息，海惠后面可能还会继续做乡村振兴。

创业者：秦江，男，1975 年生。丰都县黑沟子枇杷专业合作社

访谈及整理者：李海燕

访谈时间：2021 年 3 月 29 日、2020 年 5 月 19 日

访谈手记

秦江说做农业一要靠机遇，二要靠管理。我们看到，这里的机遇主要是对土地政策、项目资助、市场行情、产业趋势等宏观因素的把握；管理主要是对农时、工人、资金、技术、质量等微观因素的计划与操作。这是对创业者、企业家的要求，创业过程积累的也正是多方面的经验。

熊　勇：人生起伏　多有不易

养上芦花鸡是缘分

2012年生了一场大病后，我就无法从事体力劳动，不再外出务工，就回乡下休养。我能养上芦花鸡纯属缘分。有一次遇到农行的驻村干部李主任在做宣传，我就去问："听说，现在可以支持养鸡呀？"李主任说："是啊，你要养呀？"我说："是有这个想法，我身体不好，出去做不到活路儿（工作），想试一下。"李主任说："真的想养啊？"我说："真的，不过，我没养过鸡，以前在家养过十几二十只鸡，那不叫养鸡。下回（次）有机会的时候，给我报个名，我还是要去学习下。"过了一段时间，李主任就带我去虎威镇那边看了。我去一看，发现："哇！确实不错！孙记麻辣鸡已经做得这么好了呀，标牌呀，包装呀，各方面做得非常到位，我觉得我还是要回来养鸡才行。"于是，李主任问我："你是不是要养，有信心没有？"我说："有信心。"看了回来之后，他们就拉鸡苗来了。我当时没钱，借了一万多元钱，买鸡苗、买饲料。刚开始没饲料钱，农业银行主动赠送了2000多元钱的饲料给我。农业银行特别好，非常感动。

养的第一批鸡，后来因技术问题失败了，但是农业银行他们一直坚持支持我不放弃。当时鸡种混杂导致交叉感染，只有把鸡生埋了。埋了之后，农业银行认为我本身没钱，经济困难，不能让我承受这个压力，于是农业银行员工捐赠了7000多元，补齐了买鸡苗的钱。后来驻村工作队的领导李主任对我说："我们带你出去考察下。"我们就一起去万州考察，我一看到那个鸡，很漂亮，还会上树，一下就来了精神，发现找到自己想养殖的鸡了。我心想："咋有这么好的领导哦，带我一起出去考察，从来没遇到过。看到芦花鸡，也觉得是缘分，以前打工的时候在电视上看到过。真的是缘分，没有想到会在这种时候来养这种鸡。"回来就试养了一下，成功之后就决心养这个鸡了。

经过考察之后，觉得芦花鸡特别适合做麻辣鸡块，比其他的做出来肉质更劲道，吃起来更鲜嫩、爽口。后面就选择养芦花鸡，感觉市场空间很大，我们这边还没人养这种鸡。万州考察的时候看到这鸡，觉得鸡非常漂亮。后面在驻村工作人员的帮助下，我引进了这个品种，试养了一千多只。总共是两千多只，分两个人养的，另一个人也是我们村的。感觉还不错，后面再扩大规模，一步一步发展成现在一万只的规模了。2020年，鸡场里有9500只左右，贫困户那里还有500只。

建这个鸡场，重庆市人大常委会帮扶了30万元，农行从最初的精准扶贫5万元又追加了13万元。后来的困难在于饲料，每天的饲料需要1000多元，资金成问题，我还向农行贷款了18万元。技术上，我觉得问题不大，防疫技术方面主要是万州的鸡苗供应商给予支持。平时会用红糖、生姜、枇杷叶等兑水来喂鸡，以提高鸡的抵抗力。这种中药式喂养可减少成本，但需要多喂几天才有效果。因为鸡场在山上，还担心鸡会被动物咬伤咬死。有一次鸡场就被野狗咬死了1000多只鸡，野狗不吃鸡，只是会咬；所以我还建了一个小棚子，主要养"老弱病残"的鸡，可容纳3000多只鸡。

脱贫攻坚之后

去年还有很多人跟着我们做。今年养鸡养出来挣不到钱了，好多都没养了，就我还在养。因为玉米太贵了，养起来不划算，不挣钱。去年还好一点，今年就要靠自己了。销售上也更难了，因为去年有帮扶集团，有国家的政策应对这方面的，今年脱贫攻坚退出后，这方面的就更少了。销售上，我还是有欠缺的部分。销售的关键是要别人接受我们的鸡。如果价格不满意，别人还是不会要的，这个是硬伤。相对来说，主要是成本贵了，养起来就没利润。

我从2018年开始养，鸡的价格涨幅不大，但是饲料的价格变动大。因为进口玉米没有了，只有国内玉米，需求量大所以价格就高。只有少养点鸡，分批养，还有用蔬菜来喂，这样来降低成本，但是降不了多少。因为喂得多，这也不是一点点能解决的。遇到这种情况，家人觉得坚持这么多年了，还是要坚持做着走，没有办法。

我今年比去年养得更少了，今年只有两千多只，而去年一批就是一万多只。今年节奏也要慢一些，比如这批要出栏了，差不多快要出栏了，马上才定下一批鸡苗送过来，这样循环着走。还要看后面的销路怎么样，如果销路也不好的话就麻烦，就只有尽量少养点，资金才周转得过来。

我还想搞点种植，我想种点中药材、水果等。之前说种西瓜，但西瓜不太稳定，就那几天，过了就没有了。中药材或者农产品要稳定一点。挣得少就只有少花点，生活过得去就行。

现在实施乡村振兴政策，还不知道有没有养殖方面的帮扶政策。以前村里的支持，也是国家拿钱来支持，村里没有资金来支持的。在我们这里，没有好的产业。去年支持了我一点，也是帮扶集团支持的，但是我们每年还要倒给村里交钱，村上能拿什么钱支持我呢。帮扶集团把钱拿给我发展养殖，是以村上的名义给农户的。

海惠帮助了我们两万元钱，海惠给我们出谋划策，他们今天就来了，那个唐老师带队来的。他们经常来考察，我们也很需要他们的帮助。其实我觉得，我这块儿的硬伤，缺少的并不是什么东西，缺少的是资金。其他技术都可以去学，但是没有资金什么都是空谈。确实有贷款项目，但我没去贷，因为贷款也要考虑贷来做什么，能不能有发展前景。如果你贷出来了，又还不上的话，就没有投资的必要。还是要有投资的前景，有必要承担这个风险，能够还得了，才能去贷。如果看到你这个没前景，直接就是亏损的，银行也不可能贷给你，银行也要考察。

要有好的心态

喂鸡，看起来是非常简单的事情，但其实也是非常累的，并没有那么轻松和愉快。比如需要晚上捉鸡、杀鸡，一般都是晚上送去别人杀，因为白天也不好抓，抓不到的。每个鸡还要过秤，需要达标才能出栏；如果把没达标的送出去，别人就会说缺斤少两。别人也说，你给我这么小的鸡我怎么办，会说你不讲诚信。辛苦也要坚持。做到这行了，喂养起来了，行情可以的话，销路起来了，一年十万元钱还是能挣的。像我们这种老百姓，文化又低，一年能挣十万元就够了。我还想养点鱼，我们那里那个池塘太浅了，不好养鱼。我可以去上面那个大塘去养鱼。反正多做点，人累点，这行不赚钱，那行赚钱。

人生有太多的不容易，都要靠自己勇敢地面对，一步一步走就好了。要有好的心态去面对每一件事情，不要往悲哀的方向去发展。每个人，其实也包括来做工作的干部们，也不容易，比如那个杨书记，从重庆到这里来做扶贫工作，照顾不到家里孩子、老婆。站在他们的角度，他们为了什么？简单一点，为了生活，为了工作。换个角度来讲，其实都不容易。我们也不容易，主要是没有好的身体。要有健康的身体，才有能力干好每一件事情，身体不行了，什么都干不好。钱多钱少是一回事，其实这不是最重要的，要有一颗乐观向上的心，一家人开开心心在一起才是最重要的。欲望不要太强烈了，人的欲望是无限的；要好好面对生活，其实也挺美好的。怎么说呢？要说我有多少钱，也没多少钱，还负债。比如说上班累了，回来看到孩子睡在自己的身边，睡得很香，感觉就是一件非常幸福的事情，真的是这样。什么钱啊，困难啊，不要去想多了。想多了，自己反而活得更累。每个人都有自己的难处，人生就是双面的，有好的，也有坏的，就把不好的去掉，向更美好的前行。

创业者：熊勇，男，1982 年生。丰都县欣星养殖专业合作社
访谈及整理者：李海燕
访谈时间：2021 年 3 月 22 日

📖 **访谈手记**

脱贫攻坚中，各种帮扶力量下沉到村、落实到户，从基础设施、产业发展、精神风貌等各方面为贫困村带来巨大改变。脱贫攻坚也涌现出诸多典型案例和感人故事，熊勇就是其中之一。他坚韧、踏实的生活态度以及家人的支持，让他积极向上地面对生活的诸多不易。他曾受到诸多的帮扶、鼓励与关注，受过荣誉光环的照耀，也尝过冷遇的滋味。经历过人生起伏，明白了生活的幸福其实很简单，用他的话来说，回家看到孩子睡得很香就是一件很幸福的事情。

朱小明：土地是一个限制因素

1996 年读完高中，我就参军了，在河北待了 8 年，在山东待了 2 年。自愿转业后，2005 年 12 月回丰都卖酒，做过劲酒、沱牌、牛栏山等品牌。最开始是给厂家打工，后来就自己创业，主要做丰都、石柱两个市场。2018 年，受表弟向剑平种花椒的影响，我也开始在老家种花椒。

跟着表弟种花椒

我种花椒是跟我们表弟向剑平做的，他做得还像那么回事。毕竟他经常跟湛普、树人镇那些做苗圃的、烤花椒的人在一起，他跟这行业有一些接触。我就跟着他一起做，什么季节该给花椒做什么，都是他指导我。他叫我做哪样我就做哪样，比如说这个时候他说该做什么，我就做什么。所有的技术指导，一切都是他负责。其实地里的活也是家里的老人们在做，主要是我爸妈在做，我主要是在城里。不过，我做那么多年的酒业务，结识了很多餐馆老板，在销售上还是有一些渠道。我爱人也在做一些推广，特别是希望利用抖音等渠道扩大销售。因为我确实没什么时间，目前就是这样运作的。

我总共有四五十亩地，自己家有十多亩，其余土地是从村民那里流转来的，流转价格 300 元/亩。如果今年村里真地能把租出去的土地收回来，我就想成面积地种，那样的话重心可能就转回乡里。

土地流转的新问题

我们确确实实想做实体，也不是说我们想这两年做起来，想要国家的补助，我们真还没这么想。国家有这方面的支持、帮助，能得更好，得不到也还是想做。但我还是想让自己能把整个这片儿带动起来脱贫致富，这才是最真实的。

我们这个村是重点扶贫村，村里土地全部都被别人流转了。投资了几千万元进去，却真没看到什么效果，产业都没搞得起来。说产业不大吧，确实还是投资那么多，但是看不到成效。就像猕猴桃，种了几片山，结的果子呢，一个人就可以吃完。猕猴桃，就是外地人来把我们村上所有的土地全部租用来种的。我现在种的那点地，是以前没征得过去，留下来的一点土地。大面积的，都被他们租用了的，也不敢去种。但是，不去种的话，地又是在那里荒着的。但自己有什么想法，还是不能去做。要等他们合同期满了之后，才能去把土地拿过来做。其实，我们看到这些东西，还是想去做，但是土地不是我们的，我们去种起，别人心里也不舒服的。

今年（2021年），就是3月16日，开大会时，我也回去了，镇上的领导也来了，他们也清楚这个情况。我也在跟镇上的领导反映了这个事情，他们也跟新的领导班子提了意见和建议。从今年这个情况看，也是准备请租我们土地的人来谈，我们该回收就回收，再拿给村上有想法的人，该扩就扩，该做就做。他们也不来投资，但是合同没满，土地还是算是他们的。如果他们不同意我们回收土地，那么就该来补苗的就补苗，不能长期这样荒着。所以，当时我们开会，能够收回来的，就收了。

管理须及时

去年我也弄了些树苗回去栽起，就整得很密。如果今年能够成功的话，趁树苗小，该移出来的就得移出来，按照标准规格做。今年我春节回去，看到花椒树底下长霉了，像那种白毛一样，后来自然就死了。像这种基本来不及了，就像人都快要死了，才发现要去医治，也起不了什么作用了。这个要经常去管理，及时观察，只有在感觉树子不对头的时候，刚发现的时候，就去干预才行。有些树看着真的长得蛮好的，死了好可惜。表弟的地在上面，比我们这里高一点，光照条件、通风条件要好些。我们这里是下午才晒得到太阳，上午晒不到太阳，属于阴山一面。他们在上面的，晒得到太阳，所以这种霉点就要少些。这个不晓得是不是应该像以前其他树一样，冬天树干底部周围要刷白。也可能是在打药这块，我们没做好，感觉是土壤水分重了。这个应该不会传染，不过每年都要死一些树。

海惠给我们支持力度还是比较大。我们非常满意，包括各方面的支持、配合和服务等都相当满意。

创业者：朱小明，男，1976 年生。丰都县醉源酒水经营部
访谈及整理者：李海燕
访谈时间：2021 年 3 月 22 日

访谈手记

    土地是重要的农业生产资料，农用地流转是激活农村资源、促进农村发展的一个重要制度。不过，确实存在一些流转土地被闲置的现象。这种现象背后的原因是多方面的，比如外来产业能否很好地嵌入当地社会就是一个问题。面对被闲置的流转土地，当地人想干事而不能的窘境，正是朱小明当前的处境。农业农村现代化发展过程中，一些制度、政策需要放在乡村社会的具体情境中才能更好地落地、落实。

创业的社会效益

林世荣：要让种菜的老人们也赚钱

创业历程与展望

我是从 1998 年开始做榨菜的。我最开始在外面打工，老婆生孩子后，就回来创业了。刚回来的时候是开商店，后面才想起做榨菜。以前我舅舅在榨菜公司上班，他曾经把我喊到菜场里做了几天。我就想起我们这里还没有人做榨菜，就想自己干。最开始有 3 个池子，能装 90 来吨菜，从 1998 年到 2003 年，我的池子一直就是 90 吨。2003 年扩了 400 吨，2013 年又扩了 700 吨，2015年再扩了 1000 吨。所以，我现在一共 25 个池子，每个池子装 100 多吨，现在总共是 3200 吨的规模。每吨榨菜的成本在 1150 元，一般一吨卖 1400 元左右，每吨可获利 250 元左右。我做榨菜有二十多年了，当时做的时候我是最年轻的，现在我是做得最多的一家。社坛镇总共有六十几家做榨菜的，但是他们的规模都没有我的大。

以后我想搞精加工，想自己搞包装。到时候有资金了，我就自己搞，不想合作。我有三个孩子，大女儿 22 岁了，下半年读大四，学的是营销专业。我儿子读大一，也是学的市场营销。我想他们毕业后回来一起搞，我有这个想法，所以没选其他专业，我就叫他们学营销专业。希望以后规模能达到 1 万吨，就是还要再扩大 2 倍。现在有场地，只是还差点资金，但是现在收几千吨的本钱，我自己有，自己收四五千吨没问题。一条精加工的生产线需要 300 万元，厂房建设需 300 万元，污水处理要 200 万元，可能还需要 800 万元才能启动。我等孩子们毕业出来了，再搞几年，可能那时候我也有资金了。我就是这样计划的，我还是想独资，不想跟别人合伙，最多以后再请点工人，自己干的话，好管理一些。有几个老板都想我跟他们合伙做，我没同意。粗加工这块的技术完全没问题，精加工这块需要有专门的技术人才，到时候直接请人就可以了。

此外，我还在搞石材加工、修坟、批发石材等事情。我们专门做批发，专门有工人来买去给人家安装，也有刻字刻碑的。我的主业还是榨菜，在销售方面，我比其他人也要好点。

大家一起赚钱

我们这个榨菜专业合作社是几个人一起搞的，但做菜是我一个人在做，其他人没有投资，也没有参与分红。我们给周边村民是免费发菜种，定价收购菜头儿。每年发放菜种就要花1万多元钱。发放菜种后，在同等价格的情况下，村民会优先把菜卖给我。去年别人向村民收菜，收的2角钱一斤，我收的是2角5分钱一斤，每斤高5分钱，给村民一个"保护价"。我的观点是：你赚钱，我赚钱，还有种菜的老人也要赚钱。来收菜的厂商也觉得我说得很好。之前还有日本人来和我合作，日本人要求高，要重量在100克到300克之间的青菜头，一个一个的青菜头串起来。结果来检测的时候，有一个菜头儿切出来菜心有点空了，那日本商家就不要了，最后就没合作成。

我的表姐们也在跟着我做榨菜，但他们只有一两百吨的规模。不仅是表姐，还有周边的邻居，也在跟着做。修建池子时基本上会喊我去帮他们看看，卖菜时也会喊我帮他们卖。有的是亲戚，有的是周边邻居，我们之间没有多大的竞争关系，钱是赚不完的。我还是爱帮助别人。

我想得到的，做得到的，就是能给老百姓做点实事。所以，我还是想做好。你看每年免费的菜种，我2020年就收了500多万元的菜头儿，今年我也付了530多万的菜款，收了3800吨菜头儿，今年是6角5分到7角一斤，价格比较高。一般行情，榨菜有100～200元/吨的利润，行情好可以赚五六十万元，但今年价格收高了，就说不清楚。但像我们这样一直在做的，也没有太大风险，相对来说还是比较稳定。

榨菜的手艺与销售经验

榨菜是用盐脱水的方式进行粗加工，在挖好的池子里，一层菜头儿一层盐，不用加水，最后用沙密封。一般100斤菜需要13斤盐。今年收的菜头儿6月份开始做，一般腌制5个月就可以拿去深加工了。在农村，我们榨菜目前还是相当不错的产业，也不需太高的技术含量。做榨菜的技术有三个要点：一是把池子卫生搞干净，二是盐要放足，三是及时密封。只要做到这三点，就是好榨菜了。腌出来的水可以用来做酱油。很多酱油，即使不用这个水，也要加盐。这种天然的水，比加盐的水做酱油更好。

卖榨菜卖得好不好，还得看准时机，2019 年我存放了 900 多吨菜，后面再卖，赚了四五十万元。但也有亏的时候，1998 年，我第一年做菜就烂了一些，运到涪陵去卖 200 多元一吨，当时就亏了 16000 元，只能贷款。第一年做菜时，没做过，很紧张，隔两天就把密封的榨菜掀起来看看有没有坏，结果就坏了。主要是经验不足，盐也没给够。当时老婆和岳父岳母都说："别做了，还是出去打工吧！"我说："再做一年，做不成就出去打工。"第二年没亏了，到 2002 年就赚了五六万元钱，就感觉这个生意还不错。那时其实还卖早了一点，要是再迟点儿卖，可以卖得到十万元钱。2020 年差不多可以赚到七八十万元，卖榨菜掌握机遇很重要，村里还有五六家人在做榨菜，2019 年时，他们卖 900 元一吨，我就卖 1000 元一吨。

海惠对我们很不错，把我们带出去学习、考察，在资金方面虽说不是很多，但是有这个想法、有这个心意，也是很好的。

创业者：林世荣，男，1974 年生。丰都县平安榨菜专业合作社
访谈及整理者：李海燕
访谈时间：2021 年 3 月 30 日

📖 访谈手记

尽管榨菜产业在涪陵、丰都具有广泛而深厚的基础，但是对于一个具体的村落来说，对于一个具体的创业者来说，开始做榨菜也是有其缘由与机缘的。林世荣因为其舅舅曾在榨菜公司上班而接触过榨菜，在返乡回来选择谋生之计时，想到了榨菜生意并一步步做起来了，而且还计划子女也一起做。我们看到，创业时的产业选择，可能受职业经历、人际关系、地域特色等多种因素的影响，却都不是凭空而起的。在加入这个行业时，尽管有弥散于当地社会的技术、经验，尽管可以向前人学习、请教，但只有在实际中摸索出来的经验才是自己的。

谭正华：尽力在一方发挥带头作用

我最先做了两年工地，没挣到钱，就开始开货车给别人拉饲料。有个老板跟我说："你还不如养猪，开车这个事，是一脚踩着油门，一脚踩着牢门，还挣不到什么钱。"我想着也是这个道理，于是在 2008 年就建了一个养猪场，2009 年开始养猪，养点母猪，自繁自养，就这样开始养猪的。最开始养了 16 头母猪，现在一共有 1000 头猪左右，猪场也扩建了。除了养猪，我还做农家乐和种植业，平时有七八个人在管理。

相互帮助　带动周边

我们这里一起养猪的有 60 多家。我和李世荣是连襟儿，也就是说他妻子和我妻子是亲姐妹。我们在养猪方面也是相互学习、相互帮助。我们猪场也隔得不远，就一千米左右。大家的猪都比较多，所以拉猪的时候，都是自己装自己的，而且由于疫病影响，我们相互都不串猪场。在闹猪瘟以前，我们一般把商品猪送到屠宰场，主要送到涪陵、重庆、石柱等地。疫情之后，都是猪贩子来拉，现场交易，马上打款，资金回来得快。疫情防控期间，猪场消毒更严格了，以前一个月消毒 4 次，现在一个月消毒 15 次，每隔一天就要消毒。

我们也有一些困难，主要就是人工和资金问题，一是没钱，二是请工人很困难。有技术的人都想自己干，没技术的又做不了。有时候想等一下行情，一积压肥猪的话，资金就困难了。不过，今年的行情还可以。

我们村已经发展到 60 多户养猪，像乡村旅游、种植这些，我们也在试验，所以还没有去大力推广。这 60 多户才开始发展的，如果资金短缺，我们可以给他提供饲料、帮助他们推销等。如果觉得自己能卖到更好的价格，或者自己的饲料成本还低些、效果还好些，也可以自己经营。如果他们有困难的话，我们可以给予他们帮助，不管是技术上、资金上，还是销路上都可以有一些帮助。我们基本就是这个模式。猪市场是面向全国的，市场很大。如果不是非常时期的话，我们全国各地都可以卖，这么大的市场，完全不存在啥竞争。他们养这几个猪能算什么，完全对我们产生不了什么竞争。大家都住在一个村里，基本都认识，出于这种人际关系，我觉得该帮助他们。因为我在这里，我个人认为还算比较成功的。以后大家都挣钱了，遇见了还可以一起吃个饭、抽个烟这些；或者，有什么困难的话，可以相互帮助。我就是"磨心"（指发挥着重要作用）的感觉，被事情推过来推过去的。我也只有这点能力，反正尽力而为地在做一些事情。

多元化经营

我是先养猪，再做农家乐、果园。相对来说，养猪是主业，但实际其他也是主业，我的农家乐算做得比较大了，还有就是果园的投入也非常大。只是说果园目前还不怎么乐观，我们是学着做，像品种选择、树苗管理等，难度都非常大。果园是我们几个合伙在搞，就是跟谢迎春他们合伙搞的那个桃园。

养猪也算长久之计，因为不管怎么说，大家都要吃，没有淘汰的几率。但是后面也想到还是要发展第二个产业，而且要起到带头作用。当时我在村上上班，大会小会都在开，跟着党的政策路线走，所以我就想搞个乡村旅游，就搞农家乐，让当地农民也受益。因为我开个农家乐，我就要请人，请几个贫困户村民来上班，就能解决他们的就业问题。后面，我又想还要搞相应的配套设施，如果什么都没有的话，别人来吃住也不现实。所以，后面才决定搞果园，基本就是这个路子。

去年我辞职了，没做了，因为这么多的事情要管理，忙不过来。我这个农家乐一共 42 个房间（21 单间、21 标间），主要是妻子在管理，打扫卫生是请的人在做。农家乐这块来旅游的人也多。像前天，重庆下来旅游的团队有 37 个人，都在这里住着。我做事，一直都是凭心做事，非常用心地做事。他们也可能是经过朋友推广介绍来我这里的，给我打电话问我这里还有没有床位，我说有，他说他们有个团队，有 37 个人，我说没得问题，问他们什么时候到。他问桃花开了没，我说开了，他说想过来拍照，我说要得，然后就去接他们过来了。他们大概要玩一个礼拜。这边可以看桃花，我们还组织车队送他们到南天湖、石头城、雪玉洞、九重天这些景区到处耍。车费是他们自己付，我就是组织他们过去而已。

这里除了我们果园，还有其他果园，有个李子基地是一千多亩。农家乐也不只是我一家，但很多人还是喜欢在我这里住。他们到处去耍了回来，都回我这里来住。其实，我这里地理位置也不占多大优势，到南天湖要开车四五十分钟，离九重天、雪玉洞也不近。按他们的话说，是我对他们的态度，还有就是我这边的饮食、卫生条件，他们都非常满意，所以就非常愿意到我这里。所以我回头客多，基本上住的都是回头客。昨天这个团队来了之后，后面又来了十几个人，现在基本上算是住满了的，因为工地上还有些人在这里住。我去年只是过年放了几天假，因为大家回家过年，其余时间都是营业着的。风力发电站、鸡场、工地的人也会来这儿吃饭。

外出学习交流是必要的

做这些事情的时候，也没正规地培训学习过，最多就是像打游击一样，这里去听一天课，那里去听半天课，实际上也没听到什么东西。只是说自己想到该做点事，就这么稀里糊涂地做。像我开的这个农家乐，现在就觉得房间有点小了，因为当初没看过别人的，只是凭自己想象去做的。设施设备完善这块还是搞得可以，因为不管怎么说，房间里配套卫生间、干湿分区，这些都注意了的。来住的人都说，虽然你这个房间小，但还是搞得很像那么回事，设施设备也很齐，只是房间小了点。如果当初我出去看了，出去学习别人怎么做的再回来做，肯定就不会有这个问题。

我现在的想法是只要把这几块搞好了，发展就不成问题了。就像有次我讲的一样，虽然目前我还有很多事情没做到，但是我想的就是，后面一定要做到，而且要做好。我想的是，我们养殖会产生大量的粪便，我们就把粪便拿去种植果树，又让果树真正绿色化，不施化肥这些。果树种了，别人就来观花、采摘，我们就发展一些农家乐，要让别人住起来很舒服。换句话说，就是农家乐升级改造，就让后面的人来能留得住。就让我们的产业形成一个链条，粪便用来种植果树，别人就来赏花采摘，之后有一个干净舒适的房间住，有一口可口的饭菜吃。我的想法就是这样。

海惠给我们提供技术、资金支持、政策理解上的支持，非常有用。希望后面能得到海惠的大力支持。我们也不会辜负海惠，会在一方起到带头作用。去年海惠组织去浙江参观学习，是我老婆去的。她回来之后，就给我提了很多意见，包括她出去拍的照片，我从中也能学到别人的长处，实际收获也不小。所以，目前我正在筹备会议室等这些设施设备，正在健全。以后别人来开会，就有这样的场所，整体来说设施设备也要更完善。

创业者：谭正华，男，1979 年生。丰都县谭正华生猪养殖场
访谈及整理者：李海燕
访谈时间：2021 年 3 月 29 日

📖 访谈手记

靠山吃山，靠水吃水，农林牧副渔，农户皆可经营；一二三产业融合发展，是农村现代化发展的重要途径。多样化经营或许也是乡村创业的一个可行之策。谭正华们既养猪，又做桃园，还搞农家乐，种养殖业相互循环，农旅结合、食宿配套，多业态相互促进，创业者相互支持，形成良好的创业生态和经营机制。在创新创业和乡村振兴的大背景下，几位领头人营造出的这种团结奋进的创业氛围，难能可贵；这种干劲儿也正逢其时，在农村的广阔天地中大有作为。

谭克琼：我也在给身边的人做贡献

我16岁初中毕业后就外出打工，在上海干了两年，浙江待了一年，福州干了十年，2003年才回到龙河。回家后就生孩子、建房子。当时房子是和老公的大哥一起建的，两个门面连在一起的。大哥后来把他的房子卖了，我们那时候没钱买过来，因此就只有一个门面。现在卖菜的两个门面，其中一个是租的，一年房租5000元。我有3个冻库，一个租金8000多元一年，一个租金3000多元一年，另一个是哥哥的，他不要我们给钱。3个冻库每个月电费就要4000多元。

说起如何做上蔬菜销售生意，我觉得小时候的卖菜经历深深地影响着自己。小时候，我把家里的豇豆等蔬菜拿出来，卖2角钱一斤，还可以赚点零花钱。我们那地方离场镇很近，就看到农村的人自己种菜来自己卖，一个月就可以挣两三千元钱，我就觉得这个生意还可以。那时候带着小孩没法做，后来自己有这个条件了，我就开始学做，也没人带我做，一步一步就慢慢走到现在了。

亏钱的经历

开始卖菜的时候，很多东西都不懂，生意就做亏了。亏了之后，我就总结方法，继续坚持，终于在2004年实现盈利。我们去农村收菜，假如收成1元一斤，卖1元5角一斤，肯定就没有利润。因为收的时候，蔬菜外面黄叶子肯定是一起的，拿回来需要整理下，就要丢掉几片叶子再卖出去。还要折秤，刚在地里面砍出来的，就有水分。拿到我这里来了，还要折水分，而且外面还要剥掉两层。此外，卖菜一般都不可能完全卖完，最后都有一点不好的菜卖不出去。这就肯定要亏的，亏了之后，我就找原因，想着本来进价1元一斤，卖1元5角一斤，想着还有五角的利润，但是最后亏了，肯定就要找原因。要是卖大棚蔬菜，为了保证新鲜，一件菜里面会加8瓶水。如果进价1元/斤的蔬菜，卖 2 元/斤也会亏。慢慢地就吸取经验教训，后来我就提高卖价，只要把菜整理干净，让人一看菜就很舒服，人们也会买。慢慢熟悉这些人之后，就联系单位、学校、餐馆，慢慢地业务就来了。此前也有直接拒绝我的，不过总体来说还是接受的多。对于餐馆之类的，卖价肯定要低于市场价，而且还送货，因为量大从优。慢慢地认识的人也多了，学校、工地等，都联系上了。

我做菜生意，第一年亏了 5000 元钱。但是我不会放弃，哪里亏了，我就要想办法补起。像我在外面打工也是，别人跳槽跳得很频繁，我不会跳，在厂里我一做就是十年。我的性格就是这样，别人说亏了就不做了，我这人就是亏了也要坚持。我要想为什么亏了，生意也不差，为什么亏了，就要找原因。大家都问，你亏了还要做？我说没事儿，我第一年亏，不见得第二年还亏。

经营范围的扩展

最开始是我一个人做生意，还要带孩子。做了半年之后，我爱人回来跟我一起做。开始完全就是一个小菜摊，销量少，就没到外面进货，只是在农民那里收货来卖就可以了。我觉得一个也是做，两个也是做，不如多做点，反正都是要耽搁一个人的劳力，后面接学校的生意才开始扩大的。第一年规模小，第二年开始就不只是农村的菜了，农村没有的，我们就在外面进货。第三年，学校就跟我们很熟了，他们就跟我说，学校需要的货都一起做了吧，反正多少赚点就是，赚肯定是要赚的，毕竟是做生意，但是不能像零售的一样，量大从优。我想也是这样，量大从优，我哪怕挣一角钱呢，学校一要货就是一两百斤，这个利润也很可观。就这样慢慢地，也就开始做干货，再过几个月后，也开始做冻货（冰冻食品）了。慢慢地就熟悉了，我这样就做了十几年，现在很熟练了。我现在是吃的、用的，全部都在做了，自己的生意不会再扩展了。只是看到其他投资项目，还会考虑要不要投资。

我现在还是以卖菜为主，其他很多东西也都在卖。学校是统一采购，采购的时候就是就米、油、盐、菜等一起买，成批地买。农村有的，我就在农村进货，农村没有，我就从城里进货，全是一条龙，鸡腿、鸡蛋这些都有。幼儿园的娃儿要补充营养，我们这里的幼儿园要求严，都是要求土鸡蛋、土鸡，我就去农村收。我本身就是农村人，有需要我就打电话问他们有没有，有时候他们就把东西给我背到街上来。冻库主要用来装农村买不到的那些东西，有些东西是农村没有的。也有时候是必需的，现杀也来不及就用冻库里的东西，但还是以农村新鲜产品为主。

我现在既有固定业务，也有零卖。如果没有固定业务，仅仅是零卖也恼火。比较而言，我这里的生意还算好的，至少学校这么多年一直在我这里拿货，没改变过。我做了十几年生意，只是开始两年不认识人，后来就一直在我这里拿货了。我的生意主要是熟人介绍的，2005年开始送货。我有十几个固定客户，包括小学、中心校、幼儿园、酒会等。这些订单需要送货，我爱人负责送货，一般一周送一次。这些客户的货必须保证品质，我用市场监管局发的农药超标检测仪检测蔬菜的农药残留量，没有问题才送过去。还有一些临时做项目的单位也会过来订菜，比如高压线施工、风力发电站的项目部。以前鞭炮厂也在这里订菜，厂里有两百多个人，后来鞭炮厂因检验不合格就关闭了，我这单生意也就没有了，不过并没有对我的生意造成多大影响。可以说镇上70%的机构都在我这里拿货，我认为经营的要义是"诚信第一"。不过，学校这些单位基本上是半年才结账一次，资金压得厉害。

人缘好　有口碑

我让当地农民回去多种点菜，反正都是周边乡村的人，相互都认识。还教他们要提早季节种，这样既好卖又挣钱。开始用地膜时，也跟他们讲要达到什么温度才行。像这段时间，温度有点低，要用地膜、肥球（当地对玉米和茄子、南瓜等瓜果类蔬菜的一种常见育苗方式），这样生长就快一些。你看现在有些人才开始种南瓜，但是我那几户农户的南瓜苗都长出来好高了，这就可以提早季节出来，在还没大量上市的时候，它就可以卖三四元一斤，等全部大量上市了，就只能卖五角一斤。你看这差距多大，所以就要提早季节，提早季节肯定更挣钱些，因为农村都没大量出来，人们感觉新鲜些，价格就卖得高一些，也好卖一些。我联系的那几家农户以前很穷，自从跟我卖菜之后，至少不像以前那么穷了。我卖不完他们那么多的菜，有时候他们自己也在卖。以前，他们菜也卖不出去，因为跟大家的菜一起长出来，成批量地出来，肯定就不好卖的，因为大家都有。所以，他们还是很感谢我，他们有时候还会提土鸡蛋来谢我。

我这个没什么风险，倒是农村种菜那些人有一些风险。我给你说过，我让他们种不同季节的菜，教他们怎么种菜，给他们说哪种菜好卖。确实这些人也多感激我的。我给他们说怎么种，也有失败的时候，但他们也不得说我。因为农业这个东西，靠天吃饭，有时候你种下去，下一个月的雨，肯定就淋死了。这个怨我也没用，这是天时的问题，不是人能控制的。万一种下去了，不下雨，不来水，天晴一两个月，挑水去浇都没用。其实，这些农民多理解的。你看上次那个女孩子来摄像，还给我背点东西来，我说不要，你就很辛苦，她还是非要给我不可。还有一回，有个人真是很穷，连孩子上学读书的学费都交不起。我也是做好事，我这个人嘴巴凶（说话凶），其实心里很善良。我听到农村的那些穷一点儿的人给我说，妹，你把我菜收了嘛。其实，不管菜好不好，我都是收了的，有时候真地看起来可怜。我收了之后，还跟他说，你家里的菜多不，多的话就背来，我帮你卖了就是。所以说，农村拿的菜，有时候挣不到钱，有时候还折本。看到那些老年人确实可怜，有的八九十岁还背着四季豆，一摇一摆地背来卖，才卖两元钱一斤，卖也卖不出去。他一问我，我看起可怜，我就给他全买了。有时候买成一元一斤，卖也卖成一元一斤，周围其他人都说我傻。我说，哎呀，管他的，积点德，以后也有好处。我觉得人呢，做点好事，有时候还是会有好报的。我的理念就是这样，不管别人怎么说。现在大家一说起卖菜的那个谭妹，大家都说还是可以，经常都是这句好话。

在农村收菜，有些真的不赚钱。一是看起那些老年人确实可怜，二是有些关系好了，也不好去斤斤计较。也不去挑选，就一起都收了，等于收来是帮他们在卖，哈哈。像那次去收榨菜，我表姐去收，就说不要他的榨菜。这个菜只有一个光杆杆，菜头只有一丁点儿大。他就给我打电话，他晓得我们是合伙的。我就给我姐说给他收了吧，最后还不是给他收了。我表姐是嫁到涪陵，这一块是我发动起来种榨菜的。我表姐过来，大家也不相信她，最后还是我去说，凭我的人缘，大家才种的。大家说怕把土地浪费了，不愿意种；也担心种了我们不去收。是我给他们保证了，他们才种的！我表姐不熟悉这一块，凭她，别人凭什么相信她嘛。当地人是关键，如果没有我在这里，大家就不会相信她。我本身也是这个地方的人，大家怎么不相信嘛，我又不会跑掉，而且有些事情，有些东西，我还可以帮他们。有次，我娘家那边有一家人，儿女两个出去，结果儿子出事故了，他说现在连零用钱都没得。我就说，你反正菜也吃不完就背来嘛，后来，我就给他的菜都收购了。

我这个人刀子嘴豆腐心，声音大，说不来小声话，所以别人看起来恶，其实我心里有好多事情都过意不去，没得心眼儿。

其他投资经历

我们挣钱后，开始给表姐的榨菜厂投资，投涪陵榨菜。我跟我表姐两个合伙，我没参与具体事情，没经营，也没管理。去年还是分了点钱，她说分多少就分多少，我也没去计较。她提供种子给农户种，种子不要钱，到了收获时就去收购。今年价格要贵些，去年才收成两角五分一斤，今年收成三角三分。我们嫂子就说，今年货少些，收入还多些。我表姐是我大姑家的女儿，之前合伙做的时候，我就说了我不会去经营，因为我这边也很忙。我这边没请人，都是我们两个自己在做，没办法再去和她经营那边，我只是投资。投了两三年之后，我觉得效果还是可以。第一年没分到钱，因为花了钱，而且种子不收钱。第二年，分了三万元，去年分了六七万元，要分得多点。今年可能还要多点，因为那5个榨菜缸都是装满了的。今年又增加了几个，有8个了，都装满了。才把盐抹上去，还没出来。刚开始没经验，不赚钱也是正常的。兄弟之间、姊妹之间，也不担心他们故意整你，心想管他的哦，反正赚了钱多少要给我分点儿的，所以我也就没管，也没去看过账。第一年，她说没赚到钱，怎么办。我说，没赚到就没赚到，我又没问你要钱。投进去十几万元，现在本钱差不多要拿回来了。所以，今年可能要赚钱了。

我还在石头厂投资了一辆车，请人在驾驶。我的下一步计划是，销售保持现有不变，如果有其他项目，我可以投钱。我儿子去年9月份当兵去了，女儿在读高一。我不希望儿子、女儿继续做这个生意，觉得这太辛苦了。以后等孩子成家了，我们也做不动了，就养老了。

疫情没来之前，马路上都能摆菜卖，生意很好，现在只能在店里和外面摆，不能到马路上摆摊。但总的来说，疫情对销售影响不大。

海惠让我们学的知识，很关键，我觉得给我的启发很多，虽然我文化低了点，但是有些道理很实用，对我们做生意的人来说很实用。

创业者：谭克琼，女，44岁。丰都县八哥蔬菜经营部
访谈及整理者：李海燕
访谈时间：2021年3月29日、30日

📖 访谈手记

摆摊卖菜，看似简单，里面实则也有大学问。在外打工10多年的谭克琼，回乡后开始卖菜。凭着她敢于坚持、善于反思、乐于助人的品质，凭着她稳定的销售客户、凭着她的人缘口碑，不断拓展经营范围，把生意做得有声有色，把日子过得有滋有味。其中有她的生存智慧和处世之道，也体现着她的人生观、价值观。她所在村镇社区，也因为有她这样的经营者、创业者，而充满活力、善意与人情味。

谢迎春：桃园带动了周边收益

2017年10月份，我们就开始讨论要不要种桃子，12月份就去山东考察，引进了品种。当时买品种，对方没有提供技术。回来都是我们自己管。技术上，当时还聘请了专家来指导。日常管理主要是股东几个，我平时只是协助大家做一些杂事情。桃园有500多亩，从村民那里流转的土地，每亩付400元；股东的土地每亩只付300元。去年效益不是很好，去年是因为天时不好，希望今年桃子能多一点。我们另外还有一个烟叶合作社，我是烟叶合作社的内务员。我们家原来种烟，现在没种了。合作社给农户提供物资、烟苗、肥料这些。

冬桃品种有问题

当时想挣钱，我们整个村民小组，可能有二十多户人，一起来做。我们是利用这个公司，这个公司原来是搞养殖的。搞养殖后面就没利润了，就想转型。根据现在的政策，乡村振兴、精准扶贫等，我们就选定桃子这个品种。第一，现在的产品一般都是讲高山、绿色、生态。因为我们这个地理条件，桃子开花结果很适应我们这个地方的气候条件，又能赏花、采摘，像现在我们还没有很多产业，但城市里的人都想来避暑、乘凉、踏青。根据这个想法，我们就准备搞个桃园，起码在赏花、采摘的时候，能给我们当地的农户带来一些经济效益。出于这个契机，我们才种的桃子。说实话，这个桃子我们已经种了三四年了，当时也不怎么懂。当时是听卖桃苗的人一吹嘘，他吹起来说这个品种的桃非常好。但实际这个品种，拿到我们这里来，我估计不是气候不行，完全是那个品种不行。那个品种结的果子，不多也不大，完全像毛桃子。我们当时的想法非常好，因为从我们这个气候条件来说，从3~10月份，空气、湿度、气温都是非常好的。种植了香桃、脆桃、冬桃等品种，所以，从3月份赏花，到6月、7月、8月、9月、10月这5个月都有桃子。最迟的桃子冬桃就不行了，但其他这几个品种非常好。我们是按照季节性，利用我们这里的气候条件，每一个品种都种了一点，冬桃占了一半。如果桃子的品种不出问题，我们几百亩的桃子还是能卖一些钱，同样能产生经济效益。

为何不换品种？

说到换品种的问题，我们入股的这些人，对于大投入，资金这块还是非常困难。因为我们村小组这些农民，从资金来说，本来也差钱，让他们再投资多少钱，是不现实的。第一次投资之后，是不可能再第二次投资的。所以说，现在差的资金是我在找钱来做着走。但是，如果说要置换品种，确实没得这个实力了。所以我去找了农委，找了扶贫办，找了政府。按他们的意思，也是把我们这个项目纳入"十四五"规划，由他们来给我们进行置换。等他们的话，只是要点时间，但你要大家投钱完全不现实。桃园的开支，再少都要 40 万元左右，施肥、除草、工人工资、土地租金等，反正一年不得低于 40 万元。从我们这里的地理条件、区位优势来说，从整个这块来说，政府的扶持力度都还可以。

现在桃园也能带动周边消费，一年就算是卖桃子能够回本，但是也不可能回到我们公司来了。因为，现在公司也没得实力修农家乐这些。实际就是带动了我们周边开农家乐的，这段时间是花期。这段时间，桃园的游客就非常多，他们来拍照、观光。所以，事实是我们没有效益但是周边有效益。

技术托管和农资公司的弊端

我们之前也想过托管的，但是资金来源确实有难度。不仅如此，托管的农资公司懂不懂这方面的技术，我还是有点质疑。本来我也非常爱学，我刚搞这个的同时，我都找了国光公司。因为国光属于上市企业，他们生产这些，所以他们对这方面的技术，不说完全懂，肯定还是懂得比我多。我就找他们聊，这方面的企业，我聊了好几家。我发现他们都有一个弊病，他们为了销售他们的产品，来了之后就开一个单子，开很多，拿钱就要拿很多。第一，企业的承受力承受不下来。第二，我们学不到很多的东西。他直接开一个单子出来，什么时候打什么药，他也没有说用途、使用的性能，也不跟你说多少，他基本都是自己在弄。

不管是农委还是政府这方面组织的活动，我每次都主动参加，就算是不通知到我。因为我们那些群都多，扶贫办、乡政府、农委等建的微信群，我们都加入，只要看到这里面有哪方面的专家来讲课，我就要去参加。但是，我自认为他们的技术也不是多好。第一，他们可能是来做实验的。第二，他们可能是来卖产品的。因为，我起码涉及他们这种的有四五家，他们都存在这个弊病。都是来的时候，把药开起来，肥料也开很多。开了之后，按他的比例把货发给我们。我们用不完，又要剩很多，也销售不出去。你说这种有什么用嘛？我还不如找政府请的技术人员，我们觉得这种人说话还负责任点。

社会化服务

我（谢迎春公公）最开始做建筑，是泥水匠，后来包工程，当村干部，再后来当合作社负责人，又办了养鸡场，鸡场亏了之后，才来种的桃子。我原来是这个村的村委主任，后面烟草公司一来，就组建了合作社，我就任了合作社的社长。当然，从做基础工作来说，绝对没得问题，毕竟我是本地人，而且又任了这么多届的村主任。所以，他们不管有任何事情，我觉得我都能够把它协调得下来，我们这里的村民非常淳朴。

你说社会化服务，我也是搞社会化服务的，周波的规模还不一定有我大。包括我的机器、设备这一块，我们合作社的机器设备，起码都是上千万元的。在全县来说，我们的机器设备也是最多的，农委还来找过我，让我来搞这个社会化服务。像我们这个大型的起重器、耕地方面整套都有。不是说我们不相信他们。从这个产业的思路，青年创业入选了这么多家，在我的心目中，实事求是说，我们在这入选的项目中，不说靠前，但是绝对不可能落后，不管从哪个方面，我还是非常有信心。

海惠确实还是非常好，让我们开阔了视野，我们确实在海惠学到了东西。

创业者：谢迎春，女，1997 年生。丰都县茂丰农业开发有限公司
访谈对象：谢迎春及其公公
访谈及整理者：李海燕
访谈时间：2021 年 3 月 30 日

📖 访谈手记

村民小组的二十多户农户一起入股种桃树，尽管桃子收成不如预期好，但

桃花季吸引大量游客前来观赏、游玩，为周边的农家乐带来了更大收益。这就是乡村创业产生的一种外部经济，它能为当地带来其他的经济效益和社会效益。进一步看，当地农户合伙创业以及村集体创业的成本与收益的核算，并不一定完全需要严格按照现代企业财务制度进行。因为他们所利用的很多乡土传统资源是无法用金钱、货币计算的，他们创业所产生的社会效益、潜在影响以及外部经济也是无法用货币准确核算的。这种创业，更重要的功能是激活了乡村各类资源，在创业过程中为乡村发展带来生机。

向剑平：创业艰难百战多

我退伍后，去杭州赛康医疗器械公司做了 5 年的安保工作。由于爱人娘家那边都是做企业的，我 2009 年回丰都后也想做企业，自己就修公路，也在机械厂上班，后来就自己开了家五金店。我回来做了一年后，爱人也回来了，爱人原来在杭州萧山食品（饮料）加工厂上班。我搞的事情有点多，有五金，还有花椒、蔬菜基地，还搞养殖，应该说五金店是主业，其余的是副业。从 2009 年回丰都后，我就开始接触花椒，也曾去江津、潼南学习过。当时没有流转土地，不能大面积种。

我是 2017 年种的花椒。我一直都在接触这个行业，有时候给他们修烘机，还有就是我经常出去考察。因为我是在城里面做生意，娃儿上学期间我们一般都在城里，我们出去要一般就去乡村，我就发现周边花椒多。其实，我最先是在江津，跟着送树苗的车去逛，看到花椒这么好，我就选择种了花椒。我最开始做的还有春芽，这是我跑到大足去考察之后选定的。我做春芽算成功一半，自己拿回来实验养活了，但是管理很不方便。为了这点春芽，面积又少，每个星期从城里跑回去，跑了一段时间跑累了，心里就觉得没这个必要了。当时育了两千根苗，存活率 80% 多，我后来没移栽出去，就没管了。我现在就没有春芽，只有花椒，也就是九叶青花椒和大红袍。

我觉得做花椒，比其他的收入要稍微好点。目前我预计，今年应该 4 元多一斤；去年是 3 元，我卖的是 3 元 2 角到 3 元 5 角，因为我的颗粒比外面的大得多。我全部用的都是有机无机复混肥，我的成本比别人高得多。外面那些用的二三十元钱的复合肥，甚至加了尿素。我们都没加，基本都是从丰泽园那里拿，我拉肥料基本就是那里专供。在高镇，丰二中背后牛场的隔壁，就是丰泽园有限公司。我一般都是几吨几吨地拉，我刚拉了两三吨回来，才给花椒树上完肥料。

我现在应该有八九十亩花椒地，但没有具体量到底多少。我去年就是 70 多亩，后面又种了些大红袍，还有些青花椒；今年又拿到了一些土地。因为我

・ 71 ・

那里的土地问题一直都是一个难题。目前陆陆续续得到老百姓认可了。我还是本地的，在那里土生土长的人，老百姓开始都不大相信我，我们村上也没有明确地说给予大力支持。董家镇那边有一个人做得很好，我在忠县去考察柑橘时，别人介绍我到那里去看过，他在忠县和董家镇交界的地方，还做了农家乐、果园，各种各样的都有。

我做五金做了 12 年了，这块儿是老本行，不会丢，但是家里花椒如果做起来了，我就想丢了。现在城市里面的人，都觉得下乡看花，就觉得这样过日子安逸，我就想给他们创造这个环境，只是村上不配合。很多地方的苗场我都熟悉，云南的花最多，一年四季都有，可以弄来栽着。我想我们这里离石柱很近，半个小时，离丰都也只有一个小时车程。建好了之后，百分之百有人来。不过我们那里水源很差，如果水源解决了，我们那就完美了。

资助学生

我虽然不是党员，但我心一直跟着党走，我们响应党的号召。我 2011 年就开始做资助学生娃的事情，没计算一共资助了多少人，一年最少是一两个，最多的时候有八个。经过实地了解之后我才支持，不是说听别人报了就支持。我们跟你们一样是做实事的，要去看了才支持。我们村上那个孩子，从刚开始的时候，我就跟他说，你考上了重点大学我就给你奖励多少钱，后头这个孩子自己没有信心，就没得到资助。我在城里资助的这些学生，考上重点大学的有好几个，本来成绩不是很好，就是因为这种鼓励，每学期给他们一些资助，给他们打电话让他们考上大学。这些人可能都不知道我是谁。不过，钱拿给他们之后，有几个孩子，像过年这些时候，还是给我发节日快乐的信息，有的直到现在都还在发，有的也没有。有几个孩子，现在没给他们拿钱了，他们大多读大学去了，有的可能大学都毕业了。我资助的第一个就在重庆交警大队上班了，后面这些就不知道是在哪儿上班，他们没给我打电话，也没发信息。他们高中毕业之后，我都跟他们说："希望你们好好读书，以后出来帮助更多的人；我没得人帮助我，我是自力更生，也是没得办法的事情。"刚开始几年，家里人都不支持我这么做。我一般在城里面，接触我岳父那边，也就是女方的亲戚比较多，刚开始都说我是"疯子"，后来就都不说了。我们也不是一学期给他拿几百元钱之后，让他们以后来加倍还我们，绝不是这个意思；我们只希望他们以后出来，真的有本事了，会像以前别人帮助他们一样帮助别人。我当兵是退伍回来的，本来还可以留下来，但我没留，因为当时家庭条件也不是很允许。我就回来自己创业，因为家里太穷了。

对农户的指导与合作

从去年底到今年，我又发展了两户种大红袍和青花椒。我发展的这几家花椒户，我都把他们电话存起的，每段时间该做什么，我都会及时通知他们，比如这段时间该下肥、打药了，我就给他们打电话说。其实我就是完全不收一分钱的技术指导。他们种植的花椒以后成年了，挣钱了，还是会想得起听我的话是正确的。因为我自己对如何种植花椒，也是经常去学，走地里去问别人这段时间该干嘛、该怎么做。还有我们有这些交流群，卖农药的群有，花椒种植大户的群也有，问他们这段时间在做什么，我就跟着做，但我们这里面比如施肥、打药等要比外面晚 7 到 15 天。我今天还联系他们明天去干活，都是打电话让他们自己去干，可能打保花保果药的时候，我要回去自己兑药。我一般就是早上五点从丰都出发，晚上九点过的样子又回到丰都。这样我第二天还能做丰都的事情，如果在那边住一晚上，我第二天就做不成事，因为我这边的五金店每天六七点钟开门。

他们把花椒种出来，愿意卖给我就卖给我；不愿卖给我就不卖，但我给他们说了，你卖的价格不能低于我卖的价格，就这一点要求，其他随便你卖就行。像去年的花椒，我交的两整车都是每斤 3 元 2 角，后来那几车是交的 3 元 5 角，他们城里交的是 3 元到 3 元两角，他们交 3 元 2 角时，我都是交 3 元 5 角了。我的花椒拿出来，行家一看就没问题，这几年都是这样，随便在哪里，我拿出来就直接过磅。我在老家，零卖就是 5 元一斤。今年，我决定不用除草剂，就买了电镰刀用机器割草。今年外面的花椒是 4 元的话，我家里这边零卖就是 6 元、7 元。那些种植户也跟着我卖 6 元、7 元就行了。大红袍出来是卖 30 元一斤，你也卖 30 元就是。如果你低于我的价格，你就会影响我。怎么影响我呢？本来我的时间就是用在他们和我自己身上，实际上用在我自己身上的时间还没用在他们身上的多。现在我的大红袍苗才一百多根，他们有的是几百根，甚至一千多根。我这发展的三户，都在我的周边不远，他们的销售渠道没有我多。我用长安货车拉货，一次就是一两千斤，我拉出去就有人要，他们拉出来不一定有人要。不熟悉这些渠道的话，别人也不会以那种价格收购他们的东西；这些渠道在我还没种这个花椒的时候，我就已经很熟悉了。

我自己没能力做大做强，我希望带动的那几家做大做强，包括其他到我那去看的人，我也希望他们做大做强。他们到我那里去看了之后，我就说你们回去有土地就多种点。没有土地,哪怕租来种也可以的,租一亩田是 300 元,一亩地 150~200 元,都是可以做的。你这两三年下来之后,真正在盛果期的时候,一般情况下,在 4 年的样子,如果管理得好,3 年后花椒就很多了。像我种的大红袍也是一样的,第一年才出芽孢,修枝形,我就要去教他们怎么留,第二年就有几颗了,后面一年一年地就会陆陆续续越来越多了。大红袍要把形状留好,留得越多,发得越多,后面营养跟上就行。我刚开始建议他们上 5 次肥料,少吃多餐;现在逐步是 4 次或者 3 次。一般情况下,不建议 3 次,最好一年 4 次。我给他们建议的是不用农村的氮肥、磷肥、尿素,也不要混用;建议他们还是用有机无机复混肥,但只有一家用了,另外这几家都没用。我跟他们说,我也不挣你肥料钱,我拿成多少价,就给你多少价。但是从这边拉回去,一包的运费 5 元是必须拿的,因为我也要拿。哪怕是我拉回去之后,也是要一包加 5 元。那发票开出来是多少,就是多少,反正运费都是自己出,也不包送。像我们那里的路,如果量少了的话不划算。那车都是拉十几吨的车,我们一回只有两三吨、三四吨。从高镇到我们老家,一趟 400 元的运费。他们考虑到这个有机无机复混肥要花七八十元一包,比老家买的肥料要贵得多,他们就只买二三十元、三四十元一包的肥料。其实只有尿素贵点,七八十元一包,但尿素用量少;尿素刚开始可以用来提苗,其他时间就不要用尿素了,就用有机肥就好了。用有机无机复混肥的树,年数也要管得长一些,预计一棵树预计活 15 年,这都是我这些年一点一点去了解的。很多人不晓得如果这个树用的肥料不好,活不了 15 年,甚至只活七八年;你还要用三四年的时间去培育,算下来这个造价其实差不多的。如果打尿素太多,还会把花椒树催死。

我去年本来准备建那个烘烤房,把地坝都刨出来了,但因为各种原因就没做成。今年我又在想要不要建,今年看起来也不是那么顺。村里是允许建的,就是我自己没时间、没精力去建。因为我感觉建起了也不是很好,仅烤我们这点花椒也不行,最多的一户可能才烤一灶。我这建起来了,肯定就要烤很多才划算,我主要是解决自己的,他们那些都少,都是几百株的这种规模,面积太小。

土地流转难成片

原来我准备从山顶上下来那一片我全部种。刚开始时,我去每一家农户问,每一家、每一户的土地都问了,从老人到年轻人都同意了之后,我才开始做的。但等到真正回去做的时候,都开始挖沟了,结果这家不同意,那家又不同意。哎呀，那段时间，那个滋味简直不说了。有一家也一直没同意，去年下半年到今年又有几家同意了。他们觉得把地拿给别人也一分钱没得到，拿给我还可以多少得点。就这样，像喂鸡一样，一回给我撒点米，一回给我撒点米，所以做起来很累。如果他们都同意的话，我这里早就成片了。还有就是村上也不当回事，你看当时种柑子，村上一句话就遍地种。当时我就给部分农户说，种这么多销到哪里去，谁来管理，这个并不是说树栽下了就要结果子，可能长大了是要结几个，但不会像外面那样有规模。我去忠县考察柑橘，考察了血橙、血脐橙这些，我就感觉我们这边存在销路问题。所以我去了几趟，也没有做那个东西。但这个柑橘，如果销路好的话，利润确实可观。我们今年过年去一家看了，他一天的营业额大得惊人，他那个面积也大。

我本来还在丰都周边看了一片地的，当时土地租金高，这也没什么；争议在于那个房子，那个地一共有1000多亩，成片的有300多亩，300多亩里面就有两三间房子，就是这个房子没谈好。要是谈好了，我也在外面发展了。那房子没有房产证，三间两层楼的房子，这个行情要我们30万元，也不算高；但我还是觉得实际上它也值不了这么多钱。因为建的时候最多花了几万元钱，所以我们给他出15万元，最后就没谈好，不然当时我们就做了。这一片区域有3个大的鱼池，是做亏了的，还有来种蔬菜的，也是做亏了的，那两年的行情不好，他们就不做了。我们经过熟人关系，土地租金仍然是这么多，要700元一亩，就是房子没谈好。外面的成本高点，不过是连成片的；像我现在这里的，这里一片那里一片，看起就不是很好看，不成规模。今年和去年我还在跟村上协商，说我那一片我只做边边的一条，还是不行；因为我们也找农户说了，我觉得每年都去找别人说这些，也不好，我也不想去说了。他们愿意拿土地出来就拿出来，不愿意拿出来就算了。我现在还是这个观点，不会去强迫别人拿出来，也不会去找某一个有关系的人说服他拿出来。村上看到我们做的这个产业不成片，能帮忙解决点土地，让我连成片也可以，我还是感谢。但是，他们不这么想也没法。自己去说多次了，也不好再说了。

我现在还种西瓜，西瓜其实不多，我今年就不想种了，主要是没有合适的人去管理，就不想做了。我是觉得要是有人来了，也还是可以品尝一下，毕竟自己种的西瓜吃起来放心，没有用尿素等杂七杂八的东西催出来，吃起来要甜得多。因为我们全部用的是有机肥，大部分都是用牛粪做成的；像我家现在种菜，也是用的这个有机肥。这个肥料本身也是用来种菜的肥料，不会让土板结，相对来说可以保障土壤自身的环境。西瓜平时不管的话，就会结得小，因为要疏枝。去年最大的才26斤，往年我自己种的有30多斤的，还是要亲自管理才行。

工人管理难

花椒请人种植，一般人开的工价是 70 元/天，我开的是 80 元/天。考虑到都是本村组的人，沾亲带故，加上来做工的人，年纪也大了，都超过 60 岁了，干这个活也不容易。这些老百姓的思想，也不是像我们想的那么简单。他们思想比我们复杂，他来干活就可以拿你的苗做实验，所以达不到像请外面这些人帮忙干活的效果。像我去看过丰都那些干活的人，老实得很。相对来说，请陌生人还听话些。但长期这样也不好，毕竟还是想发展自己那一片儿，所以这些活都是让我们附近那几个组的人来做。平时我们请人，就只有多给的，没得少给的。我父母也在帮我做，每天帮我看一下，至少不要给我毁苗。

打除草剂就是个例子，跟有的老百姓说了，让他不要打到树窝子（种树的土窝）里面去，他非要打，这样一打除草剂就把树给打死了。比如树苗发起来了，给他说不能打到树上，他一喷就喷到树上，树还不是就死了。我今年就遭了几百棵，因为操作不到位、不认真。但是像这种情况也不好监管，即使人在那里，也不可能跟着他跑。帮我打药的工人有七八个，一个人走这里，一个人走那里，能跟得了谁呢？只是把药兑好了之后送到公路边，让他自己来公路边接，全部接过去后可以去看一下，跟他们说怎么打药。就是说了之后，他怎么打药你也不知道，就算他打到树上去了，你也不知道。你也不知道是谁打的。不过这种现象陆续会减少，不会多。因为每次打药都在跟他们说，苗死了是哪种原因致死的。我今年春节期间就遭毁了好多苗，这也跟村民的思想有关。

育苗找苗难

老百姓希望我无偿地提供树苗，如果他们都这样想的话，那我肯定做不到。我只能推荐苗，或者在我这里拿苗，我不挣你钱就可以了。你叫我把苗买来送给你种，那肯定不行。我也不是大善人，我只能把渠道和技术提供给你，你种出来了之后，如果卖不出去，我包收就行了，这就是给你最大的帮助了。其他的，如果你又想我给你出苗、出肥料，像种柑橘一样把苗栽起，还给你一包两包肥料，这肯定是不可能的。种柑橘的肥料才值多少钱，也就一二十元钱一包，成本比我们低很多。他们就是想你把这些东西全部安排好，才会去做。

现在我发展的农户，种的都是十几元钱一株的苗，我自己种了一百多株。

最多的那个农户，可能种了有一千多株，投入还是大。如果做青花椒投不了这么多，但是大红袍投入高，卖得也高，基本上都是 30～50 元一斤，好点的基本都是 50 元一斤。这几年，年年都是 50 元一斤。我在暨龙、太平也去看了，感觉在我们这边种大红袍，只是出果的时间和温度有差别。你看我当时在太平上面去找这个种子，跑了多少地方。太平乡，你晓得的，比你们董家还远，而且去的大部分地方都是乡下，要跑两个多小时将近三个小时的车程。但是只要听说哪里有根好花椒树，我就非要去看看。

我今年买花椒是 50 元一斤，让他给我留着，等成熟了之后，晒干了，自己把籽弄出来，自己来育苗。不过也失败了，这个苗不好育。当然，对于会的人，肯定好育，但是像我们这种才在学育苗的，肯定就不好做。我今年买种子的钱就花了好几百元。今年我们这几家就是栽的成品苗，15 元一根的成品苗，存活率达到了 95％。刚开始有三户人家，拉了一车大红袍苗，存活率还是好。自己没育成功，但是有时候也不相信别人育的苗，不相信他的品种，你也晓得做生意这一行，里面东西多，有的就是以假乱真，我们上过当，比如说我们去江津买苗，发现买来的苗不是我们想要的，就是上当受骗了。

一般的苗，九叶青是一元一株；今年有七八角的，七八角就是全部拿，如果要选苗的话，就是一元；去年选一下，就是 1.5～2 元。如果你要大红袍，无刺椒就要三元、四元、五元，甚至还有十六七元的。我在江津买成十六七元，买了十根，拿回来做试验。目前只有一根没有刺，但我也不喜欢这个，还是把它当成青花椒在种。无刺椒只是采摘方便点，我还没见到产量的效果，毕竟现在才第二年。我觉得在我们这边没有必要推广无刺椒，就是九叶青还好些。无刺椒成本高，比大红袍还高。无刺椒就是一个嫁接，江津的人是请别处的人来嫁接，嫁接一根，就需要投入两三元的成本，等于嫁接那一刀，就要花两三元的成本。后面还要栽培起来一年多到两年，所以东西价格肯定卖得高。我只买了十根回来做试验，目前只看到一根有效果，其余的都跟这些差不多。如果技术真正做到位，还是可以，毕竟刺很少。这就相当于我们种的大红袍了，但比我们大红袍的成本都还高，所以我觉得没有发展的必要。

主要发展大红袍

目前我们只要把大红袍种好了，市场是不成问题的。在丰都发展大红袍的还不是很多，我们本地销售大红袍，据我了解是供不应求。我们丰都的麻辣鸡，有回甜味的麻辣鸡。说老实话，只要是丰都人，都偏向私人做的麻辣鸡，这种私人做的麻辣鸡一是鸡质好，二是口感好。

像我们买的麻辣鸡，就是我种的这个花椒的味道，跟这个是一模一样。但是有一点，目前种这个花椒的人很少，而麻辣鸡的麻和香就是靠花椒，就是靠这个味。丰都真正有一个花椒做出来这个鸡，就是双椒鸡。你应该晓得江北水煮鱼，江北水煮鱼里以前的双椒鸡算馆子里面做得最好的，现在算做得不好的了。因为他的这个鸡的味道和花椒的味道都没有了，就是因为缺少这个花椒。像我们丰都一般买花椒在甘肃的陇南、四川的汉源，大部分都是寻着这个味买。今年我在网上看，结果发现很多都是假的。买花椒，不懂的要遭。那个花椒相当于也是以前的土花椒，以前最早的名字，就是叫大红袍。我们这种，就是把这个花椒树的叶子摘来炒土豆，吃起来味道都不一样，香味更浓，麻味也更重。如果把这个花椒弄来煮鸡，那个气冒出来，多远就能闻到你家里在煮鸡，就有这么神奇。真的不开玩笑，确实花椒很好。目前好几个做麻辣鸡的在跟我联系，让我跟他们供应，因为我晓得哪里有花椒，我各方寻找；但我跟他们说的是，你自己去买跟我去买是一样的，我把这些电话都透露给他们。我去买也要这么多钱，你自己去买也要这么多钱，我不从中赚你的钱。我今年应该没得，明年就多少有几棵了，后面就更多了。因为我们那里几户人家种的花椒，都可以拿来给我一个人卖。我一天想得多呀！我发展这个都是靠发朋友圈，还是有好多人来找我拿，但是要想做大，我发现这个还要注册商标，太麻烦了，不过还是要往这方面去想。我是一年没事就去做点，年年都做。

这段时间跟你们海惠接触，我觉得海惠是干实事的。但海惠组织出去学习，我都没赶上，我去不了。有一次，我本来有四五天的时间，但那次我又没报成。我以为我报成了的，等农委打电话来通知我的时候，问我报了没，我说我报了的啊。他说咋没得你呢？我说，那算了。我就没去了。

创业者：向剑平，男，1979 年生。丰都县闻达绿色种养殖农民合作社
访谈及整理者：李海燕
访谈时间：2021 年 3 月 23 日

📖 访谈手记

聊起创业，聊起花椒，向剑平侃侃而谈、如数家珍。他从花椒的品种、选种、育苗、用肥、土地、包装、品质、销路、价格等方面给我们讲述创业经历与感受，看似琐细，实则饱含着创业者的热情、专注、责任与担当。此外，工

人管理、土地流转、农户动员、关系协调、烤房建设、品种推广等等方面，事无巨细，他都一一面对。让我们看到了农业创业者面临的复杂和艰辛，也让我们体会到"创业艰难百战多"。

杨 梅：让大家都富起来

我以前在广州自己做工程、包工地。回来是因为当时觉得在外面创业，外面名气再大，始终觉得还是回来发展好一些，对家乡也好一些。赚钱之后就想自己做点事情，恰逢怀二胎了，所以在 2013 年回老家了。回来之后还当了村干部，现在是支部副书记，也希望有所作为。

当时为什么考虑养鸡呢，因为觉得养鸡风险小些，即使失败了，加上人工费也才亏三四万元钱，能承受得了。开始也没这么大的规模，就是喂几百上千只鸡。如果失败，也还在可控范围之内。慢慢成熟了，就慢慢扩大了规模。现在我这里有 18000 只鸡，这是可以下蛋的、可以吃的了。一年可以卖出 3 批次鸡。合作社的成品鸡有两三万只，每年发放的大鸡和鸡苗，加起来有 10 多万只。

这些鸡苗都是我自己的孵化场孵化的。我们这边的技术已成熟了，我自己负责技术。当时回来就是去现学技术，也找西南大学教授到基地现场指导，还去荣昌、长寿等地参加培训。我们鸡场的成功，还得益于西南大学科技特派员的指导，特派员一年下来两三次，从服务、技术、政策等方面对我的帮助非常大。我自己现在也可以出去讲课了，一节课至少可以值 300 元，哈哈！

2015 年开始养鸡，当时鸡蛋供不应求，卖得不错，感觉市场很大，但我家的产量相对较小。所以，就开始与农户合作，2016 年创办丰都县杨妹蛋鸡养殖专业合作社。父母也在帮我，包括管理鸡场、收购鸡蛋等工作。鸡蛋一年产值 40 多万元，比较稳定，由我爸爸记账。自己还种了 20 多亩果园，水果掉下来就让鸡吃。另外还种了 10 多亩的水稻。

合作模式

我收鸡蛋的范围有 100 多户人，主要在我们村上，其他村的也有，主要是我们附近几个村。如果有人订货，量很大的话，我会下去收，不过必须是我发下去的鸡苗生的蛋才行。我收购蛋，也收购鸡。

另外，我们还给三建乡发放鸡苗。开车去三建乡要两个多小时，三建乡当时是我们重庆市深度贫困乡镇，他们想脱贫，想养鸡，我就过去给他们培训技术，也给他们发鸡苗，收购他们的鸡蛋和鸡，把他们也纳入我们的网络。看到他们穷，我们合作社也算做一个慈善。今年是第三年了，他们脱贫了，我们仍然不改变，还是收购他们的农副产品，像葛根粉这些也收，帮他们收。今年我还准备进入栗子乡发展，正在谈。现在一村一品，各种农副产品，很适合我们这个模式，我们是短平快，这个模式发展产业很快就有收益。

我们村之前也是贫困村，现在都脱贫了。我自己对口帮扶了 7 户贫困户，去年都脱贫了的，他们每年每户的收入都高于 5000 元。让他们脱贫的方式，对口帮扶的这几户是免费发鸡苗，让他们养，然后我负责收。其他的人拿鸡苗，多少要给点钱，这也是让他有责任去养，让我也有责任。如果不收一点钱，他拿去不当鸡养。如果免费发放，农户往往不认真养，会随意拿取。市场价 18 元一只的鸡苗，我 9 元钱卖给农户，既从经济上补贴农户，又能让他们有责任好好养殖。

合作社成员有 6 户，有利益联结的有 100 多户。这种模式也有 3 年了。一般的农户 50 只鸡，平均每天可以有 25 个蛋。一年就有 7000 多个蛋，两年就是 14000 多个蛋。平均每只鸡每天花费 2 角钱，一个鸡一年也要挣 200 多元。我们发出去的鸡苗，基本上是 6 两一个，拿去喂养 4 个月就大了，就可以下蛋了。一般会下 2 年蛋。这种蛋鸡，2 年后的产蛋率就低了，到那时还可以卖鸡，一只鸡也是按照 70 元的价格收购。我们与农户是一个月结一次账，收鸡蛋的话，基本上都是逢赶场天，他们就送到我们合作社来。对于有些住得远的老年人，或者说我着急要货，我也会下去收。

除了我们合作社，我们这边没有其他养鸡的了。我们还获得了农委、畜牧局等单位支持，畜牧局在防疫方面做得很好，免费防疫，还配送到位。

以前找销路，现在找货源

当时通过发放鸡苗、收购村民的鸡蛋来将鸡场做大。做大之后，市场打不开，很困难。农户把蛋送来了，卖不出去，怎么办？我当时只有拿去送礼，别人春节都送一两百个鸡蛋，我送五百个。亲戚都问怎么送这么多，我回答挣钱了，实际上是卖不出去，没有销路。后来通过当干部，当 2015 年致富带头人等结交了很多关系，扩大人脉，就让鸡蛋销售到单位食堂。这样一来销路就打开了，同时也建立了信任关系，塑造好品质。2016 年的时候，收农户鸡蛋是给农户 1.6 元/个，卖给政府食堂 1.7 元/个，只赚 1 角钱。2018 年、2019 年时，开始走高端路线，当然低端路线也在走。

现在没什么困难，我一有技术二有销路，还有什么困难呢？不过最初确实困难，开始时没有销量，也是边学边做。我们是那种绿壳鸡蛋，坚持要选择好品种，只有选的品种好，它的发展质量才好。也正因为如此，开始的价格也比较高。所以开始是找销路，现在是找货源，除了创业的前半年找销路外，现在都是供不应求了。目前，资金也没有什么问题，都周转得过来。

销路目前是没有问题的，全国各地都在销。网上订单，快递发货，京东、淘宝、微店、拼多多等上面都有。我也结合农村电商平台销售，相互合作，纯利润平半分。比如说我这鸡蛋成本是 1.2 元，农村电商平台上卖 1.8 元，他除去包装、运输这些成本，假如还赚 2 角，我和他们就一方赚 1 角。我们的合作是稳定的。

新冠肺炎疫情对我们也没有多大影响，疫情防控期间依然供货。例如，供给重庆某别墅区的鸡蛋，不能直接送过去，就先送到城边，然后再快递过去。快递要三层，送到之后拆开两层再送进去。卖 2.8 元一个，半个月送了 12000 个。送鸡的话，蛋鸡 128 元一只，公鸡是 98 元一只。鸡可以送到小区去，也可以来鸡场购买。我这里还准备了两三张桌子，供人堂食，有的客人吃完饭也顺便买两只鸡带走。

不可能根据你我个人来制定政策

脱贫攻坚结束对我们没有一点影响。现在乡村振兴，对我们这个模式更有利。脱贫攻坚，只是让人均收入达标，达温饱；乡村振兴是让人们奔小康，是让每个人富起来。乡村振兴很好的，我也没得什么具体期待，因为这些政策都是根据大局来设想的，不可能根据你我个人来制定政策。不管是国家、政府，也是根据大局来提的，不能为了哪一个人来提出一个政策。目前也没什么需求，就想把这个事情好好发展下去。

很多人都不愿做公益，但我就觉得为什么不让大家都富起来呢，走到哪里，哪里都有人喊你吃饭。我有点儿"男人性格"，到哪里都吃得开，所以生意也好做。有的人格局低一些，有的人只想自己挣钱。我就觉得，大家一起挣钱，朋友越来越多，生意越来越大，格局也就大了。我们现在做的这个，其他哪个合作社愿意这样做，做一个事情就要拿六七万元出来呢，谁想拿钱出来啊，他还想政府多给他点呢。

海惠带来的启发

我跟同行的关系也不错，跟群众的关系自然是很好的，领导、政府部门对我们的评价也相当好。参加海惠项目，是农委安排我们去学习。一旦人缘好了，就有朋友遇到优惠的东西就会想到你，这很正常的。收获确实很大，海惠也是一个做公益的，能够拿出那么多钱，而且还组织我们学习，这很重要。以前，我就是政府安排怎么做我就怎么做，我自己想怎么做就怎么做，觉得反正是自己的。都没想到要有规划、要有思路等这些，但这样的话在经济上，人力、物力的损耗就大。参加了海惠这些培训、学习，我现在就知道，要把想法用文字、图形来说服别人，更容易把这个事情做成。

创业者：杨梅，女，1985年生。丰都县杨妹蛋鸡养殖专业合作社
访谈及整理者：冉利军
访谈时间：2021年4月1日

📖 **访谈手记**

一个人的气质、眼界、格局，对其创业行为、创业成效具有实质影响。杨梅选择养鸡时的风险考虑方式、农户合作模式、公益事业的参与和对政策制定取向的理解，都是在创业实践中摸索总结出来的经验之谈，也反映出她的心胸与气度。而更生动的是，海惠的创业培训，让其意识到"要把想法用文字、图形来说服别人，更容易把这个事情做成"。所以，外来的援助、培训或许会在某个点上产生意想不到的影响。

新农人的农业情怀

郎红军：农业创业者需要农技服务

高中毕业后，我就外出打工，先后进过蚊香厂、洗发香波厂。后来我觉得老在外面漂着不行，加上父亲一直做农资，也希望我能回来一起干。2010年，我就回家跟着父亲干了。2017年的时候，我哥哥也不进厂了，回家跟着我们一起干。

我们在龙河、江池、下路等交通沿线的乡镇开了4家门店。江池的店是父亲在管，已经10年。龙河一家店是哥哥在管，开了1年。石柱有两家店，是我在管，已经开了2年。我们主要售卖种子、农药等商品，同时回收农副产品，如玉米、大豆、鸡蛋等。一家店的营业额50万元一年，利润在三成以上，前年一家店利润有20万元。店面是租的房子，2个店面租金3000多元一个月，仓库是自己买的。尽管4家店是独立经营，但我们整合能力更强了，以前的单店模式很多东西都做不了，因为单店在技术、物资、进货渠道上都不具备竞争优势。要是以后能以总店直营的模式，在重庆市的每个乡镇都开设网点，这个规模效应就更加厉害了。

农技服务关系

我们全力做农业服务，提供种子、农药、化肥这些基本农资，也给农户讲解相关知识。政府的农业服务中心，会给我们提供一些政策指导，给我们一些意见，他们跟我们的关系，应该是他们指导我们工作。他们是属于政府部门，不会经营这些东西，但也会讲一些知识。他们的工作量大、工作内容多，要管很多事情，比如畜牧、水产、种植等都要管。我们专门负责农业服务，更加精细化。我们私人做经营的，要有服务意识，态度要好，产品要好，技术要好，要能够让农户增产增收，他才跟你一起做。

我们跟供销社算是有合作关系。我也加入了江池供销社，是供销社成员。供销社有对农户的技术支持，我们也可以做。我们和供销社可以互通有无，是合作关系。供销社在乡村振兴中可能有一些新的机遇。

我们对当地农户的带动效果是很好的，比如他们接受技术服务，什么样的种子更能丰产丰收，病虫害防治怎么做。我们也随时会下到田间地头去看，去看病虫害预防、肥料怎么加。老一辈的人不懂新经验，回来的年轻人又不懂怎么做，比如说果树、选种、土质、肥料选择等，我们也要给他们讲，推荐适合他们的物资，他们拿去用了才能丰产丰收，就周而复始又来找我们了。我们跟农民的关系很好，我们下去时，他们都很感谢，还会送菜、送水果，很喜欢我们下去。

我们的上游一般是固定的物资供应商，他们也会提供一些技术支持，讲解一些技术性问题。

服务农业创业

以前我高中毕业时，找不到发展的路子，就出去打工。后面觉得没得固定居所，老是漂着，有了一定积蓄后，就想回来干一番事情。后来，我就想通了，很多像我们这种回来创业的，就是不懂技术；加上我父亲懂这方面的技术，我也去系统性地学了农业技术知识，我们当时的目的就是想让更多人能创业成功。我们回来看到了很多创业失败的，也看到了成功的。成功的人，他自己比较懂农业技术。我们就决定从农业技术这块着手。农村创业的基本上是从事农业，毕竟工业基本上是在城里，农业在农村。

很多人创业失败，主要就是技术性的一些东西没人指导、没人帮助，他按照自己的想法来搞，就常常失败。创业成功的人，往往是懂他那行技术的人。比如，一棵树，经过五年多的培养，在出苗时，应该用什么肥料，疏密度如何，如何修枝、如何整树形这些，都是有讲究的。像他们以前，我们看到过，他们不晓得多少密度种多少棵树合适，树形怎么弄也不知道，得不到好的管理，果子的口感、质量、产量就不行，所以创业就更容易失败。还有一些人只种植，但没有销路，现在很大一批农户就面临销售这些问题。

我们想以后能带动更多年轻人回来创业。他们回来，不懂技术的，我们可以提供技术，这样带动起来创业。他们产品生产出来，我们也可以帮着收购、销售。农副产品我们也在收，现在粮食收购量大一些，鸡蛋、水果这些还比较少。目前采用公众号＋小程序的方式售卖农资，小程序是以前在互联网公司上班的同事做的。因为有区域保护，所以采用网上下单、到店自取，或者店家配送的方式售卖产品。

我们现在的服务范围大概有五个乡镇，共有几千家人。乡镇里荒田荒地多，可能有三分之一的样子。普通农户也需要我们，比如说种植玉米、辣椒、水稻，需要的肥料都不一样。水稻喜欢含氯的肥料，土豆、辣椒等要用硫酸钾之类的肥料。很大一部分人都不知道，不同时期的果树也需要不一样的肥料，在出苗期主要是用以氮为主的复合肥，结果时又需要高钾的复合肥。毕竟年轻人爱学习点，在科学知识上要懂得多一点；而老一辈的，知识少一点，懂的科学少一点，这就是我们帮他们做的事情。

下一步，我们计划给他们筛选一些好的产品。我们自己壮大了才能获得更多的信息，才能更好地帮助他们。我们跟同行、协会交流也多，全国各地都有信息交流。相比之下，目前在丰都、石柱范围，我们还是做得好的，在全市来说处于中上水平。整个行业信息足，国家的乡村振兴战略也有政策支持。我们发展壮大了的话，市场信息咨询也可以搞起来。那时就可以在产前、产中、产后提供全方位的信息服务，可以给他们建议哪些东西好销售。我们也在建立电子商务平台，他们可以把产品挂上网来，我们免费帮他们销售，有订单时我们就发给他们销售，这个现在也还在弄。信息咨询一般不收费，只是会通过产品来获得一定的利润，支持平台发展，达到互利共赢。

农村需要新农人

我们比较专业，现在有五个人学的都是农学专业。我们跟他们以前做的也不一样，主要是技术支持和信息化发展。老一辈在干的时候，就是把好的品种推荐给农户，但他们本身的技术实力不到位，他们也只是跟着别人卖。这种肥料为什么好，这种作物为什么用这个肥料，他们也不清楚；打枝、整形，这些也不清楚，让他们去学，可能很多字也不认识。当然，我父亲还是在做这行，也能给我们技术指导。我们从书本上学知识，但实际上他们做一二十年了，对实际情况更清楚，比如说对当地气候更了解，实践经验更强。

农村还是需要一部分有知识、有想法的人参加农业。中国农业在世界上还是算落后的，农业需要产业化、知识化、信息化，几种结合起来才能发展壮大，这需要一部分有头脑的人来做。我们也是顺应国家大政方针，我们得到过一些政策支持，但太少了。我们有想法，但个人的资金毕竟有限，最多几十万、两三百万元，这些资金在农村也做不了好大个事情。有很多想法，但没有资金，也只能慢慢来。我们想的是，希望每个乡镇都有一个综合服务中心，包括农机方面的服务。天气不好，稻谷坏了好可惜。要是资金充足，就可以建烘干房，农户拉过来，我们就给烘干。现在农村的劳动力太少了，还是要机械化操作来减轻农民负担。现在车辆、无人机这些是很耗资金的，我们也买了无人机，我们经常打药、病虫害防治，无人机程序编好了的，教我们怎么用就行了，打药、播种、撒肥都很方便，现在主要用于病虫害防治。无人机打药，可以减轻农药对人的伤害，效率也高得多。人工打药，一天可能打两三亩，无人机打药一天一百亩完全没有问题。当然这需要一定的费用，但总体算下来的话，还比他自己打药成本低很多，对身体也健康些。去年我们那边就有一个自己打药中毒了，医药费就花了两千多元。

我们认识海惠，就是农牧中心把我们报上去的。确实有收获，帮了我们很多，培训我们，也请老师来讲课，让我们出去学习，提高我们的管理能力、技术能力。我们跟周波也认识，他们主要是做肥料，也在想搞我们这种。创业困难方面，还是资金困难多一些，其他的管理方面、农业技术方面都需要提升，农业也是一个学无止境的领域。

创业者：郎红军，男，1983年生。丰都县园丰农业综合开发专业合作社
访谈及整理者：冉利军
访谈时间：2021年3月28日

📖 访谈手记

农业是返乡青年创业选择的主要行业。郎红军敏锐地发现农业创业者需要更好、更完整的农业技术服务，因此在父亲传统农资服务的基础上，他们着力为农业创业者提供农技服务。农业创业主要面临自然风险、市场风险两大类。通过在选种、病虫害防治、测土、施肥等方面注重农业科技投入和适时管理，可以降低自然风险的不利影响；通过足够的行业信息、市场行情方面的观察、分析，可以对农产品的市场风险作一定的预测和减缓。这也正是郎红军们试图通过农业技术服务和市场信息咨询等方式，帮助农业创业者成功创业的基本逻辑。

孙　祥：搞农业还是要有情怀

　　2014年12月，我和合伙人成立了一家农业公司，两人股份一样，主要搞苹果桃。我以前跑过客运班车，跑过成都到福建莆田、丰都到垫江这两条线，还修建过"小产权房"。我跑运输的时候，看到湖南有苹果桃，觉得不错，就做了苹果桃。我们没有固定职业，经商就是遇到哪样就做哪样。

　　苹果桃这个东西，花期长、糖分高、耐储存、晚熟，适合生长在800～1200米海拔的地方。每年3月开花，7月底开始采摘，与本地水果错峰上市。我们是流转土地，按照每年200元一亩的价格流转。我老家是仁沙镇的，基地在仙女湖镇，基地有760亩，分2015年、2016年两次建成。每亩地种植55棵树，理论上每棵树有80斤苹果桃，一亩地的苹果桃产量在3500～4000斤，理论上果园年产200万斤。固定工人有十几个，采摘的时候人数多，最多的时候有80个工人，每人80元/天，每年人工工资总共约40万元，这也不固定。固定工人每年发两次工资，一次是卖桃子时，一次是年底，年底会付完土地租金与工资。现在的问题，首先是用工难，我们有时只需要十多人，有时又需要几十人，一下子找几十人就难找得很。因为忙的时候，旁边这些农家乐恰恰也在请人。

政府支持和社会带动

　　我们这里是贫困村，脱贫攻坚政策给了我们很多实惠，特别是在基础设施建设方面力度很大。比如现在政府项目支持修建了仓库、冻库，建了4个水池，都是七八百立方的。还有公路，2018年建了5.5米宽的大路，县交委建了两条5米宽的路，11公里，形成了循环路，交通方便了，也方便采摘、观光。

　　政府在宣传上也很给力。2017年开始，政府帮我们做了一个桃花节，我们宣传，政府也在不断宣传，现在桃花节在丰都算是家喻户晓了。去年（2019

年）3月，CCTV-13频道来桃花节取景，7月27日又来采访，现场直播。CCTV—4《远方的家》栏目，也来报道了，其中也报道了丰都的肉牛。产业扶贫资金方面，我们与当地村委会合作，申请项目，报方案说明用途，建成后验收才有资金补助。有的现在已经成为村集体经济的固定资产了。没有政府投入，那些路是不可能修出来的。宣传上，丰都的媒体，重庆卫视、华龙网、重庆新闻乃至央视都来了，没有政府支持，也不行。

村上之前种的一些李子，每家每户都有李子，每户都有1000多斤，是老品种，都卖不出去。我们把人引进来了，来耍的人多了，村民们的土鸡蛋、老腊肉、笋子、高山玉米这些土特产就很好卖。当地贫困户，有空闲房子的，是土墙、瓦房，以前他们都准备慢慢往外搬了。我们去了之后，看到我们是真正在做事情，真正发展起来了，当地人也就翻新了房子，还有3家贫困户开了农家乐，有餐饮、住宿，还配有机器麻将。一年桃花盛开和采摘桃子的时候，每户每年都可以赚六七万元。他们平时还可以在我们地里做点事，如除草、上肥、修枝、疏果、采摘，每个小时10元钱，这工资算高的了，这一年也要挣一万七八千元。我们也有合作社，共有80户参加，其中有17户贫困户，现在都脱贫了。每年固定分红35000元给村集体，由村集体分给农户，目前已进行两次分红。

多渠道销售

每年都要通过各种渠道销售。我们基地离县城有40公里，一小时车程，背靠南天湖景区。我们有时也会用软文，采取转发、点赞等方式宣传赏桃花、采摘，提高自家文章的浏览量。我们这里看桃花是免费的；采摘时，10元一人，在里面可以随便吃。我们已经搞了6年，也注意从南天湖景区引导游客到桃园。我们也准备了礼品箱，也注册了淘宝、抖音小店，可网红带货也可以快递，中小果就走批发市场。在推广上面，以前在淘宝上推广过，但没什么效果，我觉得平台越大概率越小，如果不额外给费用的话，一般顾客检索不到。现在想在抖音上面推广，丰都县有本地网红——工地最美夫妻已经答应帮我免费推广，他们希望为农业服务，也知道农业利润少，所以就不收钱。

去年（2019年）雨水太多了，受灾了，掉到地上的果子就有40万斤。如果不受灾，全部应有80万～100万斤。一般销售渠道就是进超市，比如"重百"、"新世纪"等，另外就是批发。礼盒包装有三种规格：7斤12个果，售价88元；5斤12个果，售价40元；手提箱8斤，售价50元。发快递的一般在水果七八成熟时采摘。果园还提供顾客采摘服务，采摘的 8 元一斤，供超市的 2~3 元一斤。采摘人多的时候，有三四千人，果园周边可承载 300 辆车停车。除了批发和零售外，我们在 2018 年还推出了果树认养模式，每年交 400元钱可认养 1 棵树，现在是认养 1 棵，就送 1 棵树，也就是 400 元钱可认养 2棵树。每棵树保底 40 斤苹果桃，多于 40 斤的也全归认养人，不足 40 斤的由果园补齐至 40 斤。客人也可以不认养具体果树，400 元钱认购 100 斤苹果桃。认养模式一经推出，很受欢迎，仅 2018 年就已经被认养了 1000 多棵树。认养是分区认养，采摘是全园都可以采摘。当时县委书记徐世国来考察，也提出要多元销售方式。我们这个认养模式是成功的，每年有 1000 多株。

我们创业时是自筹资金，陆续投入。我们桃树一般可丰收 15 年，只要科学种植管理，不至于大小年差距很大。农户去种可能就会有大小年，我们会把握施肥、疏果的时间与节奏。我们技术上也有技术员，开始完全不懂，现在在桃李方面的种植、施肥、病虫防治这些，我们技术都到位了。2018 年，我们申请绿色食品认证，这对桃子质量、土壤这些都要求很高，2019 年通过了。我们也注册了商标，是以地名注册的，叫"山磴坡"。

行业地位

在全国来说，苹果桃也是新兴水果，在全国都不算多。规模大的应该在湖南，在管理上、质量上、销售方式方面，我们应该算是第一。价格上我们要高两三倍，主要是销售方式不一样。但是，苗木我们还是从湖南那边购买，他们知道哪里发展得好，发展形势如何，他们会巡回指导，看树形、树势，看树的生长情况。我们的销售方法在苹果桃行业是领先的，我们在行业技术标准、在市场上也有影响力。

我们也可代加工果酒——桃子酒，但桃子产量比起去年有所下降，今年就没做。农委彭科长他们在科教方面也给我们很大帮助。忠县新立镇那边的柑橘博览城，真是做得好，我们也去学习了。我们也是希望出去看看别人怎么做的，别人机械化水平怎么样，规模、品牌怎么样，等等。

做农业，还是要有情怀，还是要坚持，你一旦放弃，可能一两年就什么都没了，这样越来越多的人就无心做了。目前，我是全身心地投入进去，下一步计划是改良品种，还要拉长销售周期。目前苹果桃售卖的季节是 7 月 20 日—8月 15 日，我想增加黄桃、李子，黄桃的售卖时间为 6 月底到 7 月 15 日，李子的售卖时间为 8 月 15 日到 9 月 10 日。此外，还要发展桃子酒等产品，采用苹果桃发酵＋基酒的方式酿酒，目前已与涪陵旺鑫谈好合作生产了。苹果桃子酒的成本价，只算包装，不算桃子的成本就要 16 元一瓶，加上桃子成本就在 20 元一瓶左右。

海惠开始来找的是县农委，当时也忙就简单聊了一下。后来是通过筛选，我们才进入了项目。我们以前没接触过社会组织。对于海惠，首先是感谢，他们对我们项目的认识、分析、发展方向、品牌建设、销路拓展等具体如何去做都给了很多指导；精神上也是很有鼓励的。我也说不出华丽的话语，但他们对我们农业企业的帮助很大。海惠带我们去河北围场，看他们合作社怎么经营、怎么运营、怎么带动农户，学习如何采购、统一培训，这种规模上的东西确实值得学习，我们也在想，只要认真管理、科学管理，就做得出来，而且还要在销路上、品牌上下功夫。

访谈对象：孙祥，男，1982 年生。丰都县轿子山生态农业发展有限公司

访谈及整理者：冉利军，李海燕

访谈时间：2020 年 10 月 5 日

📖 访谈手记

在著名经济学家约瑟夫·熊彼特看来，创业主要在于创新，创业是实现创新的过程，而创新是创业的本质与手段。创新，是一种企业家精神，是创业者最重要的能力和要求。创新无处不在，创业者用新技术生产老产品是创新，通过一种新的方法卖出一种产品，也是一种创新。孙祥在早期跑运输时看到"苹果桃"这一新品种，于是引入这一品种进行创业；他的桃花节宣传和果树认养模式等销售方式，也是一种创新。不断地创新与投入，让其在全国苹果桃行业里具有一席之地。

杨金红：做农业不能当跷脚老板

1991年我初中毕业之后，就在外面学手艺。我以前是个漆工，1991年到2002年，都在丰都做油漆工。那时候是跟师父学艺，学了半年时间后，就自己做，就是自己出来当头儿。1996年、1997年的时候，那个时候在丰都，我一个月就可以挣六七千元。我老婆那时随时说我不差钱。当时是自己当头儿，请有工人，工资才5元钱一天。2002年的时候，我就到重庆接装修业务了，当时我们在重庆也成立了装修公司，做整体装修。从2002年到2014年，一直做这个。做任何一个事情，做时间久了，就想换行。在2014年，房价也不是很好，有点下滑，装修利润空间不是很大了，装修尾款也不好收。我就想自己找一个实体行业来做，就回来租了土地。

做农业须坚持

2014年、2015年那个时候土地相对来说还很好租。当时就回去租了一百多亩土地，租来养鱼，在老家还租了几十亩土地种水果。就是这样开始做的这个事情，当时的考虑是做个实体之后，到五十几岁时就可以回来经营。但实际上，做起来了才发现不是那么回事。你也知道，做农业是一个漫长的过程，很费神费力。慢慢地，就没敢接装修了，就只做这个事情。当时想得简单，以为养鱼就是请一个人在那里管就好了，不像喂猪这些还要复杂点，所以就选择去养鱼。我请我姐夫在那里长期管理，一开始我就请他来在我这里做，他最早也是跟着我做工。但事实上，养鱼这个东西，还是需要投入很大精力。第一年，我们还是多少赚了点钱，但不可能说赚很多，只是说第一年赚了点钱，还是有信心继续做。这始终需要往里面投资，是一个循环过程，就只有坚持做着走。

从大的环境来说，只要自己稳着做，做农业还是不存在多大的亏损。风险是有，但是你只要在管理、经营上有一些理念，有一个正确思维去做的话，做起来还是可以的。但总体来说养鱼也是个高风险行业，我们这些地方百分之七八十养鱼的人，都亏了，都没赚到钱。各个因素、各个环节都有影响。很多人都是外面挣了钱回来，就把鱼塘修起，修好之后不当回事，当跷脚老板，这些基本都做失败了的。这个东西还是要靠自己亲力亲为地去管理，才有可能做好。否则，只依靠请的工人，完全不现实。只要涉及农业，不管是养猪、养鸡、养鸭、喂牛，还有水果、蔬菜这些，只要是想当"跷脚"老板的，好多人最开始做得相当大，甚至种有几百上千亩的水果，很多都做死了。只有自己去管，管的同时还要自己去想一些思路才走得下去。不去想思路，就没法做。我的这些思路，都是自己摸索出来的。还有就是，我经常在外面拉鱼，接触的养殖户也多，相互探讨、摆龙门阵，就会探讨一些问题，综合一些问题，就会解决一些问题。实际生产过程中，出现的问题就要去解决。

任何一个行业都需要技术

我们在十直镇养鱼。修鱼塘的场地，不是想在哪里修，就能在哪里修，比如说梯田就没法拿来做鱼塘，还是要有这个基础条件才行。地势平坦一点，水源、阳光等各方面都要考虑。当时就去那边选的，我自己去十直那边找的地盘，也没有亲戚在那边。当时调土地的时候，也有人不愿意。但是，这个就靠我们自己给农户做工作，跟他们协商。做这个事情，你开始去，你就要跟当地农户、村干部把关系搞好，他们从中去协调要好协调些。我总共投入了100多万元，请人挖鱼塘，然后用水泥浇好。从鱼塘到大公路的路也是我们自己挖的，政府来硬化的。建这个鱼塘，我还是获得了一些支持，比如县级家庭农场4万元，国家还拿钱修了沉淀池。

任何行业，你只要去做这个行业，都需要技术的。你要购饲料，像我们购买的是通威、海大等大公司的饲料。各行各业，包括养猪是一样的，只要喂的是大公司的饲料，刚开始就会有技术人员来讲一些知识。他们会派技术人员到塘边来指导。我们还经常参加政府部门比如农委组织的培训，学习相关的知识。

2018年，我的鱼塘遭（发生）了一次鱼缺氧的事件，翻塘了。损失严重，将近20万元。我们把死鱼全部清理出来，深埋处理。养鱼主要是调水。别人说的是"养鱼先养水，养好了一塘水，就相当于养好了一塘鱼"。养鱼的水要好，不是说要矿泉水，这养不活鱼。养鱼的水，主要靠水里的微生物与藻类。因为有充足的微生物和藻类，水塘里的溶氧才能达到标准。没有微生物，一潭清水里面没有溶氧的。我们有试剂可以测水质，鱼塘里也都安了溶氧仪，随时都可以测。只要水塘里的溶氧低于我设置的 3.0，我的增氧机就会自动打开，以搅动水的方式把死水变成活水。增氧机一搅就成为流动的水。比如晴天把水搅起来，太阳暴晒，水下一些物质经过阳光照射，就会培养出有用的微生物。

如果鱼生病了，也要喂药。但现在的药都是经过严格检测的，大家都不会去乱喂。其实，鱼只要得了病，只要是严重的都治不了，基本都是死。所以主要靠平时预防，比如说像草鱼、加州鲈、黄辣丁这些，平时主要喂一些保肝、护肠道的药，喂一些保健药品。现在只要涉及违禁药品，都不许卖了。现在各行各业，特别是涉及食品的，都没有谁会去喂一些违禁药品、抗生素。没有谁敢喂，因为一旦出现问题就很严重。现在政府监管很严，一般没人去做这个事。实话实说，现在大家都会遵纪守法。因为人们的意识都高了，不像前些年大家的意识淡薄，现在都不会存在这些问题。农委会定期去抽检养殖户、养殖场，到基地抽检。

我今年是丰都县农委水产站特聘农技员，也要去给其他鱼塘解决一些技术、销售渠道这些问题。当了农技员之后，与其他鱼塘之间的沟通更多，主要是丰都周边的一些养殖圈。这农技员是聘请的，一年 4 万元的工资。当时发公告之后，要去演讲，由专家评分，这样才能选上。不是说你想当，你就能当了，这是竞聘上岗。

有节制地扩展

刚开始家里人还是反对我养鱼，但是现在，包括我媳妇儿在内，都慢慢地看到了效果。我们做得比较细，全部的账包括收入、支出，从 2015 年开始到现在我都拿得出来，都有账。当然确实还是辛苦，但做哪行都辛苦，不是吗？

水果树也是 2014 年栽种的。从去年开始投产，开始有收益了。种植业回报要慢点，但是风险比养殖业要低一点。其实你只要把水质和平时的预防做好了，养鱼风险也不是很大。慢慢地把门道摸清了，把技术掌握了，其实没有以前那么恼火了，一年下来感觉轻松多了。

养鱼，我肯定现在还有想法，有时候还是有扩大的想法。现在有个问题是，耕地不能用来挖鱼塘养鱼，国家划有耕地红线。不是说你想去做，就能做，这是红线，碰不得。现在如果要新建鱼塘，需要土地调规，很麻烦，就懒得去弄。如果有合适的养殖场，别人不做了，我就接过来做，把规模扩大。只要我不去新建就行，别人以前修的，我可以接过来做的。

开始自己养鱼了，就会接触一些新东西。很多人只养鱼，也有一些人不养鱼而是专门拉鱼去卖。后面我想到别人能够不养鱼，仅拉鱼一年都要挣几十万元，我为什么不能做这种"以养代销"的模式呢？只是人稍微累一点嘛，我就想到做这个事了。我就在外面拉鱼，从中赚点差价。我们40来岁的人，出门在外也会为人处世。我自己有鱼池，我去其他鱼塘那里拉鱼，然后卖给批发商。重庆、石柱、万州这些地方都在拉，运输成本不高，几角钱一斤。运输基本也没风险，只要鱼塘起鱼的时候没问题，运输就基本没问题。你在起鱼的时候就要看，我经常在拉鱼，有没有问题一眼就能看出来，有问题就不会拉了。现在我一年销在外面拉的鱼，要销几十万斤，自己还有十几二十万斤鱼，外面要拉得多些。总体来说，现在不管是养猪、养鸡、养鱼，每个品质都不会太差。所以，大家的鱼都差不多，也不存在收鱼增加风险。所以说，做任何事情，信誉很关键。各行各业，行行出状元，也不是说每一行都能做得好，要看自己怎么做。

资金上的需求与帮助

目前我们的困难主要是资金运转。今年过了，资金这方面也没有什么大问题。如果按照现在这个行情，不出意外的话，防控措施做好一点，鱼不出问题，今年应该是可以赚一笔钱的。今年一斤可以赚三元，但是往年鱼价行情不好，就只能赚一元左右。今年行情就比较好，主要是因为长江禁渔后，长江支流的网箱都撤了，整个行情有一定回升，今年的鱼价涨得比较高。

总体来说，我觉得海惠平台是很好的。首先，把我们这些养殖、种植方面的人，经常带出去学习，互相交流。这很大地提升了我们自己的思维和能力，开阔了眼界，让我们更有想法，这是最重要的。另外，还涉及小额资金方面的支持，这对我们这些人也是很大的帮助。像我们这种做事的人，只要是做事的人，说在银行没有贷款那是假话，谁不贷款呢，都贷款。因为有时候，像5—9月，是我们花钱的高峰期，这个时候资金就会短缺。每天喂料都是一两吨，就要几千甚至一万元，这数字不小。像这段时间，塘里下鱼苗了，后面就要使劲喂料，喂到7、8月份就能大批量出来了。冬天水温低，鱼也不爱吃，吃了也不长。5—9月是鱼长势最好的时候，也是成本投入最高的时候，这段时间就需要银行贷款。海惠在这方面也给了帮助，我们去贷款，虽然不多，我不记得是去年几月份贷的了，今年（2021年）3月4日才去还了。5万元钱的本金，但是半年利息才一千元钱，这个利息很低，这也是一个很大的帮助。

创业者：杨金红，男，1974 年生。丰都县绿颖农业开发股份合作社

访谈及整理者：李海燕

访谈时间：2021 年 3 月 17 日

📖 **访谈手记**

  耕地红线、药品监管、食品安全、生态环境保护（长江禁渔）等是杨金红在谈及养鱼时涉及的多方面政策规定和监管要求。可见他不仅在渔业养殖的技术、运输和销售上有丰富经验，对国家相关法律法规和政策制度也很有了解和认识。创业者不能只管眼前一亩三分地，也需要有市场意识、政策意识和法律意识，视野开阔，事业才能开拓。此外，从杨金红的讲述中，我们也看到土地制度、食品药品监管、环保标准等行政事务在乡村也得到了很好的宣传和执行，说明国家治理体系和治理能力建设卓有成效。

周　波：农业也可以技术托管

农业大有可为

我以前是做其他工作的，也在工地上干过。当时只有十几二十岁，在外面闯，到江浙一带打工，工作也干过很多。回丰都之后，在工地干过，也干过其他的。后来，我一个姑姑家的哥哥，他一直在做肥料，做得比较好，他就给我拉入这个行业了。2014年哥哥对我说："回来做农资生意嘛，稳定点，每年的体量在这里，起伏不大。"他当时给我讲很多，我都没弄明白，但是我就记住了一句话，就是搞农业比较稳定。所以，就跟着他一起，开始做这个行业。当时和他们一起的，还有一个股东叫杨振东，他只负责出资，不分管具体事务。刚开始，是哥哥带着我一起做，去年（2019年）哥哥就考虑到年龄大了，要安排退休了，就把公司法人转到我名下，我开始负责日常管理工作。公司还请了一个财务人员负责记账，有四五个业务经理。

我觉得根据现在的国家方针，农业大有可为，但需要我们年轻一辈的人参与。这个行业有稳定性，确实没有其他行业波动大，比如房地产行业波动太大了。所以我就选择这个行业，就这么进来的，也没有什么传奇性的事情，很平淡地就进来了。家里人也很支持。刚开始多少入了一点儿股，主要就在这里跑市场，慢慢开始接触，开始学。当时对肥料行业也是一窍不通，接触了，就慢慢了解了，比如含量、氮磷钾的配比等，包括现在农药这块我们也在做。

传统销售网络

我的农资销售采用的是网点模式，每个镇都有网点。采取与网点签合同、打保证金的方式，约束门店不串货。乡镇上有两三个人相互熟悉，可以互相监督。这些门店很多都是哥哥当年一家一家去谈的，谈得很辛苦，但现在已经建立了长期（超 10 年以上）合作关系。不仅如此，公司的销售经理也按厂家、品牌作区分，避免相互杀价。

哥哥最开始是卖化肥，2019 年开始卖种子。今年只卖了几吨种子，玉米多一点，水稻少一点。因为进入种子市场比较晚的关系，只能采用试验田的方式，也即农民出田，种子公司出技术，我们和厂家一起出肥料。肥料这个时候是淡季，下个月会好一点，一般网点订货、付款，由厂家直接发过去，不经过丰都仓库周转。丰都仓库囤货，是为了解决急需和应对价格波动。肥料是季节性产品，会根据市场备货。这段时间主要是备高钾化肥，比如做苹果桃的孙祥就知道，高钾化肥能增加糖分，提升水果甜度。网点的店家有的也租仓库存货，也都存了一两百吨货。

因为做渠道，乡镇网络我们也在走，我们渠道建设还是比较完善的。我们以前是做肥料，现在也做种子啊，但是农药我们才在起步，种子已经做了两年啦。丰都有几个果园，把技术托管交给我，比如哪个季节施肥，哪个季节修剪，全程按照我们的技术方案做。接下来想在丰都协会里面争取点支持，做各个大型基地的技术托管。我们反正一直做农业，这样一直前进。

向社会化服务转型

肥料销售只是一部分，我们现在主要是向社会化服务转型。修枝、打药这些我们都可以做，农药知识、种子知识我们知道，我们也做无人机飞防，给果园出全套的技术方案。当然这也是一个不断学习的过程，也是边做边学，跟这些前辈、老师、各个厂家的农化人员学习，跟他们一起下乡，也是言传身教。有时候也在网上看视频学习。

我从去年开始采用社会化服务的方式进行化肥销售，希望与厂家、网点、农户都建立信任关系。当农户有需求时，安排技术人员指导农户的化肥使用。我试图通过这种免费的技术服务，带动化肥销售。免费给农户定制施肥方案，先下去实地看，再绘图，再配方，以帮助农户定制越冬肥、壮果肥等方案。不仅如此，还免费给农户提供病虫防治、农药使用方案等。如果安排的厂家不能达到技术水平，还另请专家去解决问题。总之，我希望以服务带动销售。例如，果园修枝整形会影响挂果率，我就组织人去学，然后为果园提供技术指导，希望通过这种方式来与客户建立长期的合作关系、信任关系。目前主要以经济类作物为主，我已走过丰都 80％的果园。水稻也在做，在社坛镇那边做了 100 多亩的试验田。农发集团有几万亩地，前期委托了五六千亩给我做。农发集团的地主要种植的是桃子、枣子、李子、笋子、茶叶等，前期托管给我的是桃子、李子、枣子。

肥料销售还是靠乡镇网络，整个乡镇网络我们没丢，但我们整体是向社会化服务走。做农业要想持续，要以服务来卖产品，仅仅卖产品是生存不了的。我们经常出去考察，发现现在全国农业的大方向都是这样。我们代理的都是中化、巴斯夫这些大的厂家。像中国化工他们的理念也是这样，我们其实是在跟着他们走。我们去看了之后发现必然要走这一步，单纯地只卖种子、肥料是不行的。

我们丰都这些果园，尤其是小果园，相当欠缺技术。这也是我走了一圈之后发现的。我们销售员要懂多方面的知识，不仅仅是肥料知识、农药知识，包括修枝的知识也要懂。现在朝社会服务这方面努力，实际也是摸着石头过河，我们还是走得比较稳妥。有几个大的果园在跟着我们的方向走，我们出整套技术方案。孙祥那个果园，我们暂时还没介入，但是他们用的化肥这些产品很多就是我们的。他们自己就很懂行，就没技术托管。他们种的是桃树这块，他可能比我们更专业，因为他们自己经营一个单品，经营这么多年了。像我们今天去看的一个草莓、葡萄基地，他老板比我们还懂。有时候我们就要去向他们请教。现在有李子、桃子来找我们托管，托管了一两百亩，今年看效果。

我们很多时候会借助大厂家的农化技术人员。比如，我们果园需要病虫害防治的时候，我们就会把他们请到基地去。我们自己跑销售的人员也都跟着学。农药知识也不是一天两天就能掌握的。现在网络发达，我们到基地发现我们解决不了的问题，就会打电话、拍视频发给这些技术专家，他们马上就给我们回复。专家是厂家的，他们毕竟长期做这方面，更专业。有时候，我们也请教县农委的专家。我们自己解决不了的问题，都是寻求他们的帮助，刚开始没办法。培养技术人员，不是一天两天的事，这是一个持续性的过程，只有慢慢来。

我们现在主要做社会化服务，就希望能参与到更多的果园中。不管用药、用肥、修剪，包括无人机打药都全程由我们做。基地老板不用考虑哪个季节应该做什么，他就当"跷脚"老板，主要去考虑产品销售问题。去年我们有一百多亩水稻种植基地，也是这样做的。我们也要控制风险，比如一片果园一百亩，我不会全部托管完，我只托管80亩，剩下的20亩用来做对比。农业也靠天吃饭，天气因素影响大，没人敢保证产量多少，挂果多少。我们80亩精细化管理，他20亩常规管理，收获时测产。我给他们讲的，只要我这边产量不低于你那边，我们就是成功的。因为有些因素是不可控的，所以我只托管一部分，留下一部分给他自己做。这样有对比、有参照，就能规避一部分风险。如果全部托管过来，他说他原来产 80 斤、100 斤，结果你精细化管理产量只有 70 斤，这个人家肯定有话说。在相同的地块，他用他的方法，我用我的方法，我们可以测产比较。像去年雨水多，刚好挂果之后，因为雨水多就掉了。这个就是靠天吃饭，天气也是不可抗力因素。我们一般要跟客户签订合同，合同上要规避因天气原因引起的责任，这个也说得过去。我托管 80 亩，他自己管 20 亩。如果他产 100 斤，我产 100 斤以上，我就算成功。

一般是全程方案出来之后，该哪个季节施肥，我们去施肥之后，客户要签字验收。我们要走流程，一般托管给我们的，都还是比较信任的。一般是按流程走，一季度去结一次钱。比如，一个方案算下来 100 元钱，我们一季度就去结 30 元钱，二季度结 30 元钱，以此类推。工人是他们自己请，我们只出方案和技术。每个果园的情况不一样，如果在当地去请人，我们不认识人，我们也没法管理，比如说除草，连工人都不认识，也就没法管。这块就需要业主来配合我们做。若选择无人机打药，我们就去给他打；若选择人工打，我们就把药配好，他自己请人打。人工是不包含的，我们只做技术托管。也即是说，果园那边需要给我们支付农药费、方案费。有的老板不懂修枝整形这块，我们有专业的修枝队伍，这块服务我们是包含在内的。只是施肥、除草这些工作，他们需要自己请工人，其他的我们能够做。上次我们专门到四川理县请了几个李子树修剪师傅过来，我们全程参与，帮我们培养了几个修枝师傅出来了。去年冬季，丰都很多果园都是请我们去给他们修枝的。

其实，我们从前年开始就在慢慢布局。经过这两年走下来，慢慢看到了希望。我也是慢慢做，慢慢学。特别是前年在四川德阳发现那边精细化程度比较高，很多合作社都开始走乡串户去服务。我就想到，应该回来在这边本乡本土，也按照这个路子走。因为单纯地卖产品，可能别人价格比你更低，三五年就把你淘汰了。任何东西，不仅仅是农业，以服务去推动是更合理、更持久的。包括我们合作过的那些果园，只要合作之后，他就离不开我们。原因有：第一，果园成本降低了；第二，产量也提高了；第三，他要轻松些。比如，到了这个季节，他晓得我们就要去帮他弄了，或者我们就要去提醒他怎么弄了。我们转到他园子去了，也会去看看发生什么病没有，很多东西就提前给他做准备了，所以他轻松得多了。

无人机飞防

丰都本地的飞防，都是纳入我们一起在做。飞防，就是无人机防治病虫害，无人机打药。无人机飞防，这块才刚刚起步。我自己会飞，我是我们丰都本地第一个拿到无人机驾驶证的，但是我现在没怎么去飞，主要就是指导、协调，他们其他人再认真去飞。我们去年拿了三千多亩的一个基地做飞防，我们就从重庆周边请了一部分飞手进来共同做，还请了几个无人机过来同时飞。飞手，就是拿证后可以遥控无人机的人。我们很多时候在借助外面的力量，我觉得也可以共享本土资源，包括我们的无人机飞手，外面有啥业务，也可以通知我们的飞手，让他们去外面挣钱，资源共享。现在丰都农委在慢慢地成立协会，现在我们下一步更多的业务也是往协会里面走。我们可以借助协会力量去服务，很多果园的老板也在协会里面。

请无人机施肥的费用不一定会比人工更低。无人机飞洒的话，用药量要比正常、传统的打药减少 30% 左右，这就节约了药钱。节约的钱就可以拿来补贴飞手。而且，如果用飞洒（无人机洒药），他直接从我们这里拿货，肥料用我们的，农药也用我们的，价格更便宜。长期合作的话，我可能把肥料的利润也让一部分，农药部分我也可以少赚一部分，等于农药、肥料和飞洒，每一样我都少赚一点，但是我总的利润不会变，他也能够接受。比如，本来我原来肥料一吨赚一百元钱，现在赚五六十元就可以，农药再赚五十元，飞防、修枝等再赚点，可能整体算下来，我的利润更高。但是对于消费者来说，他的成本降低了，综合来看他是可以接受的。单去谈某一方面的话，比如无人机飞防，我们这边人工比较便宜，请人打药才六七十元一天，他可能就觉得做飞防不划算，但是整体算起来，他是划算的。我一般去跟人谈，他是能够接受的。仅看打药的成本，每一次打药成本，他有可能觉得不划算，多少也有点误差。毕竟在我们这些地方，无人机打药还是一个新兴行业，收费还是比较高，每个地方的收费标准不一样。

接受无人机的不一定是年轻人。包括我们下去打"统防"是一样的，我们去年去打了近万亩。让我感受最深的就是一个老婆婆说，以前夏天要背着喷雾器在田里给水稻打农药，很累。我们去打了之后，她就说你们记得明年要再来。当时是统防统治搞的项目，政府出一部分钱，农户自己拿一部分钱，费用不高，算到农户头上一亩也就是几元钱的样子。她也觉得划得来，那么热的天，自己去打药，好辛苦。七十几岁的人了，她也打不动。她儿孙都出去打工了，没有人帮她。所以，这个事情让我印象很深，就感觉无人机在我们这里还是很适应，因为老龄化了，没有劳动力去干这些。年轻人过年回来，也是喜欢要一下，不会说去帮老年人干点农活。过年后这些人走了，没有劳动力了，更需要借助我们这些专门从事农业服务的人。

帮助创业者扎根农村

我们前面遇到两个返乡创业的大学生，他自己回来流转了一百多亩土地，但他自己一点都不懂。我们认识之后，就推荐他土地流转过来之后怎么做，包括平整耕地，适合精细化耕作。我跟他谈了很多，大家都是年轻人嘛，也可以加入我们修枝队，也可以跟我们无人机飞手学手艺。一年四季都可以跟着我们走，我们现在好几个修枝的，都是我们丰都本地自己干果园干得比较好的，他跟我们一起在干这个事情。他自己在做农业，也是没得选择。既然在做农业，肯定想把它做好。他自己参与进来，更有积极性。因为我们修剪的待遇还是比较好的，飞手的待遇也是比较好。我每次到果园，只要老板年纪比较轻的话，都愿意把他吸纳进来一起做，让他更多地参与。还有一个，他跟着我们经常出去走动之后，对他打造自己果园也很有帮助。他慢慢摸索之后，就把技术包括对病虫害的诊断等学懂了。他跟我们出去修枝，我们定的是200元一天，还有飞手出去飞可以挣钱，一亩我们是定的五六元。他一天飞一百亩、两百亩，他出去干一天就有几百元钱的收入。农业分季节，在他闲暇时可以跟我们一起做事。有好几个果园的年轻老板都跟我们一起做了。跟我们一起做的，我们也推荐他们在农村经营我们的肥料，代理我们的产品。他可以把肥料种子都拿下去卖，比如开个农资门市部都可以。所以，他觉得这个思路很好，愿意跟着我们一起。第一，他自己可以慢慢经营，收入也稳定了。第二，果园周期比较长，要经过两三年的培育才有收成，他前面两三年跟着我们干，是非常有信心的。我给他们讲这是资源是共享，有相熟的朋友做果园，就可以往我们这边推荐。我们产品都可以拿去卖，比如卖出去有十元钱的利润，我还可以返给他一两元。现在就是按这个方向这么走，也吸纳了几个年轻人进来一起干。只要真心相信农业大有可为的人，是愿意跟我们合作的。李靖烨他那儿有飞防，他在村上兼职当干部。他本来想法也很好，他也想开个农资店，我去谈了很多次，都是年轻人，好沟通。

今天我去了一个果园，他那一片还都是荒的。一两百亩啊！种的李子，荒了没人管。因为有的人待不住，一年两年看不到收成，就不想管了，觉得亏了就亏了。他其实就需要我们这种服务模式给他服务，他就能腾出手去干其他的事情。我们可以挽救这种濒临"绝境"的果园，确实很多果园缺乏技术。你晓得有的人，想做点项目，结果搞了就丢了，不管了。其实，我们去跟他谈了之后，他还是想继续搞下去。

你种的品种有可能这两年就不赚钱，比如花椒，以前很贵，市面上十几元钱一斤，现在几元钱一斤，就觉得不赚钱了，就想放弃了。如果我们把他吸纳进来，他思想就开拓了。花椒不赚钱，但树要保着，说不定来年就跟养猪一样的，价格上升了，利润点就来了。农业是有周期的，不能今年不赚钱，你就不管它了。行情不好的时候，也要保树。

针对不同的情况，我们使用的技术方案也不一样。有些高产值的，比如葡萄、草莓等搞采摘的，一斤都要三四十元。我们肯定推行的方案就是最好的方案，包括用药用肥。他也接受，因为赚钱。但花椒这两年不赚钱，我们的用药方案也会相应地把成本考虑进来，下降一部分，能够不用的尽量不用，以减少成本。不能说这个方案是一成不变的，要设计适合果园的方案。我们一般有个常规的方案。出方案的时候，我们要实地去果园看有什么虫害。因为虫害不一样，加的药也不一样。但是哪个病虫害严重一点，我们就会把相应的药加重一点。或者说，你这个园子没有这个病虫害，我们把这个药就剔除了。但是整个大的框架没变，只是做微调。有个常规方案，但具体也会替代，比如施肥，种葡萄、草莓这些高附加值的东西，就是用最好的东西。今天我们还去看了一个果园，就是种的草莓，搞采摘，四十一斤，人家用的肥料就是全水溶的。一万多元钱一吨的肥料，他也能接受；便宜的他反而不要。一般也就是用一吨一两千元钱的肥料。我们根据客户的需求，制定专业的方案，为客户量身定做一套方案。搞得更人性化一点，客户也更能接受。只是这样一来，我们的工作量增加了，但效果也更好了。比如搞个观光采摘园，也有很多人去买啊，一斤水果比外面的就是要贵十元到二十元。但是年轻人愿意消费，他愿意过来耍。价格高的东西还是很有市场的，品质做差了就没有市场。

目前的境遇及计划

目前我的难点有二：一是技术，一是销售网络乱。在技术上，我希望能多学习，农委组织过我们去山东枣庄学习，厂方也会组织学习。销售网络上，我将产品区分开来，避免杀价。乡镇网络那块儿，基础打得牢。所以，今年我们就是维护客户关系。现在我们重点工作就是社会化服务这块，我们的增长点也在这里。因为我们代理的产品，比如肥料可能这两年我们有优势，可以坐吃老本，但是过几年可能出来更好的东西，你就随时面临被淘汰。我们搞社会化服务之后，至于果园具体用什么产品，是我说了算。我说用这个产品就用这个产品，肯定果园老板听我的，这样我们对品牌的依赖度也会减少，有利于我们长期发展。

疫情对我的影响在于运输不便，春耕的时候，我需要开条子才能将肥料、种子送到乡镇。数量上所遭受的影响不大；疫情期间，价格反倒有所提升。海惠对我们挺好的。但是我自己参与的时间太少了，平时太忙了，这是我自己的问题。

创业者：周波，男，1983 年生。丰都县开沃农资销售有限公司
访谈及整理者：李海燕
访谈时间：2021 年 3 月 17 日

📖 访谈手记

传统的种子、化肥、农药等农资服务，以销售为主，服务为辅；如今的农业社会化服务，以服务带动产品销售，而且开始更加强调技术服务。像无人机飞播、飞洒、飞防等技术，此前是山区农民闻所未闻，想都想不到的。周波设想和正在推行的农业技术托管模式，比起传统的小农家户经营，可说是一种农业生产方式和生产关系的现代化变革，农业分工和专业化更加明显、细化。这种技术推广模式也与传统的农业技术推广模式颇为不同，前者是以市场化推广为主，后者则行政推动、政策意味儿更浓。

周　江：我就是喜欢农业喜欢农村

我就是喜欢农业

我小时候长期跟着爷爷奶奶生活，中学毕业后就去重庆打工。那个时候，我才18岁，一个月的工资800元，我自己存300元，给家里留500元钱，拿回来买了花椒苗子。我们家一直喜欢做农业。那时候我每个月寄回来的500元钱，爷爷奶奶就去买苗子，帮我栽在地里。上了两年班之后，我就回来自己做。那个时候，花椒也栽上了，我就在家里也买了羊来喂养。羊也还是养了几年了，每天在家里养羊，花椒也是长着的。但那个时候人晒得又黑又瘦。你知道农村的风俗，如果你整天在农村，就没得人看得起你。家里人就怕我找不到媳妇儿，结不了婚，就反对我，不让我在家了，又让我出去。结果我又出去上了几年班，先后做了几个行业，但我做的事情都是那种不受管制，基本是别人不管我那种职业。我后面又去装饰公司上班，做采购。

我有一个长辈在江津，他们那边是种花椒的。我之前种花椒没有经验，所以最开始种的那些都没什么产量。后来是在装饰公司做采购时，有一次去那边无意中看到他们的花椒做法，跟我们是天壤之别，完全不一样。我那时候才恍然大悟。应该是2016年底，我就辞掉装饰公司的工作，卖掉重庆的两套房子，又回来种花椒，一直做到现在。做花椒这行，比其他的安逸，都是现钱，不赊账。货也可以存放，卖几天都不怕，实在不行，还可以找个冻库放好，这个月不行就下个月再卖。

我是2017年才结婚的。我老婆是别人介绍的，她很支持我创业。她一直是在外面上班，之前在优衣库当店长。我回来种花椒之后，又因为生了孩子，她就辞掉了工作，跟我一起回来了。我们回来之后，又在丰都县城买了房，她现在住在县城里。家中老大两岁多点，现在上幼儿园，因为没人照看，我也没有时间，就送到幼儿园去了；老二现在才5个月大。

我很感谢亲戚、外面朋友以及大家的支持，因为我之前才回来的时候，也向亲戚借了钱，如果别人不相信我，肯定也不会借给我。那些钱已经还完了。我的家人，还有我老婆这边的家人，大家都比较支持，这样才能做得好。如果说我这边做，很多人精神上又不支持，那样打击就很大。大家一直给我打气加油，支持我，我也就有前进的动力。我就一直往前面打拼，不管怎样一定要做好。

也不知道怎么的，我就喜欢农业，喜欢在农村。我好像之前也跟你们讲过，我没事的时候，就喜欢站在那看得到全部花椒的地方。我站在那里，看着那些，不管结果的还是没结果的，我就觉得很高兴。我没事的时候，就喜欢站在那里看一看，就觉得不管多累，这些还是值得。我其实是喜欢种植，其他的东西也是围绕着种植业在做。

做农业就得坚持

现在做农业，不管你是做哪一行的，都有太多太多的人在做，遍地都是。你看之前柑橘的品种多，不管是沃柑、血橙等都多，像今年柑橘太多了，一窝蜂地，烂市了（卖不起好价钱）。加上国家发展、私人发展，只要觉得什么东西好，大家一窝蜂地上，两三年后全部都投产了，大家做的东西都是一样的，结果都卖不出去了。花椒就是这样，我们还算种得早的。但是后面一直还在增加，现在花椒种得就很多了。种得很多，价格就很便宜。去年的花椒行情就比较低。不过，越是在这个时候，我们越要把它种好，这样以后在市场上才会有优势。今年价格就会不错，现在就已经到处都在调货。加上年前很多地方都在下雪，导致花椒有一定减产，所以现在的花椒价格就已经涨起来了。价格涨起来的同时，我们就一定要重视质量。一旦放松之后，做出来的品质不好，就会影响第二年的销售。比如，今年客户用起来觉得可以，明年也会继续来买。种植业不像养殖业，种植业就是不管明年的行情是好是坏，依然还是要种好。比如你今年栽了花椒，如果觉得今年的行情差，就不管了，如果明年行情好的时候，花椒产量就会很低。今年花椒摘了，到明年产花椒有很多工序、杀药、修枝、压枝等很多事情要做。如果不去做这些，即使明年花椒卖 100 元/斤，你摘不出来花椒，那也就没办法。所以说今年做了之后，不管好与坏，都要坚持做好。做农业反正都是这样，我们做农业也做得早，反正做农业也就这么回事，要坚持做下去，做的时间久，不管当年效果怎样，都要把树苗管好，一直都要管好。如果说一旦松懈之后，中间有一年不杀药、不管理，树就很容易长虫，后期再去管就很麻烦。所以，每一步都必须做到位，必须做好。

我控制不了行情大势，只能把自己的产品做好。如果能够对接更多的客户就更好了。如果做出来跟其他的一样，别人卖十元，你也卖十元。如果想比别人好，你拿出来的检验数据这些，总要比别人好，才能谈更高的价格。如果都一样，就只能跟大市场一样，市场高就高，市场低就低。现在很多利润都是被中间贩子赚走了。丰都很多做电商的，去年也找我这边供应花椒。其实电商这边的销售量很大，但是后面都没货了。我去年也没囤货，因为一年开支比较大。我的花椒一出来，就在中途卖了，我就没多少了，像我现在就没有花椒了。现在出去调货也贵得很。如果从别人那里批发来，再卖出去，现在这个市场很透明，大家网上到处都查得到，都有一个价格。你说比别人高，别人都是买东西的，都知道到处比较。所以，我也没有去调货来卖。马上还有两个月就要摘花椒了。现在正在准备，还差烤房，今年不够了，还要增加两台大的设备，烤房里还要修两个大型机器的灶，用来烤花椒。把这些准备工作做好之后，在五月底就开始摘花椒。

花椒不愁销量，只是品质有高低

不管有多少花椒，都能卖出去，只是存在一个价格高低问题。因为很多地方都会用花椒，就像我常给别人说的一样，就是小区、学校门口，那些五角钱一包、一元钱一包的麻辣食品，多多少少都会用到花椒、海椒。超市或者调味品店有很多个产品都要用花椒，很多休闲食品也会用到花椒。还有就是制药厂、洗发水厂等，也要用到花椒。用花椒的地方还有很多很多。

花椒的品质很重要。有专门的检测机构检测花椒的含量，也有专门检测土壤的。那种品质好的花椒，从采摘出来到烘干，那花椒就是很青很青的，如果品质不好，就会黑黢黢的。我们可以按颜色分辨花椒的等级。如果要从含量上区分花椒，那就需要检测数据。很多厂家、收购商、一些食品加工商就是从这些方面来判定花椒质量。红花椒也是一样的，用机器筛选过，里面没有杂质，很好的红花椒会很红。花椒里面有那个很黑的籽，如果加工好，卖的产品里面就没有黑籽，全是光亮的花椒。如果花椒有黑籽，打出面来就像沙一样，这是很多人不知道的。所以说，外面有些打花椒粉，有些会加其他的东西一起打，有花椒籽在里面。但这只是极个别的，并不是说全部打花椒的人都这样做。还有就是打花椒可以把好花椒和坏花椒混杂到一起打出来，卖好花椒的价格。那些质量差一点的花椒，就可以这样顺带着卖了。

你看到我们里面有很多机器，有的就是把花椒分出来。我们有筛选机，能把刺、把里面的黑籽，全部分出来。我们是先分出来再全部打包，一般分出两三个等级。我们粗加工就分两三个等级，如果有更多的客户，按照要求需要分得更细的话，比如有的要求选出每颗花椒的颜色都是一致的，那种就分得更细了。如果说要求不高，比如我们直接发给批发市场，我们就直接可以分两个等级卖给他，他自己再拿去细分。我们一般按照经销商的需求来分。如果要求每个颜色都一样，那就要经过色选机选，一口袋花椒就可以分出来五六个颜色，每个颜色打包出来就是一样的，每个颜色的价格不一样。我们基本上都是一车一车拉出去，如果这么细分，就增加我们的人工成本了。直接到我们这里来拿货的，每类品质也要不了那么多。因为花椒一次进货都是需要几万、十几万元，很多厂家、代理都需要有周转资金，不可能一次把货压这么多。那些拿货的就是一次拿一万多两万元的货，卖了又来拿。但是，我们卖出去，我们卖得更多的就是一次一车十万、二十万元。对于我们来说，就是这种方式卖得多一些。

可能今年还会转向互联网销售。因为我们那里有认识的人也在自己开网店了。我自己也另外开了一个电子商务公司，但是没有实行起来，因为我的人手不够。他们现在做直播，我今年打算直接喊他们来基地直播。很多直播都是直接在地里卖农副产品，本来我也想喊他们去基地里面，相对而言，这种方式价格会高一点，我看今年能不能让他们去直播。先这么想着，能不能做成，还不一定。也有人在跟我谈，他们也想赚钱，想到我这里来，借我的牌子、基地的东西。我也在想怎么合作，我肯定想自己要有利润，我要卖得出去产品，就看要怎么去做。其实，我这里说多不多，说少也不少，也看得出来我那是连片的，像他们搞观光旅游来说的话，我那个规模也还是算不错的。

种养结合

我还在上面修建了一个养猪场。我们用化肥需要很多钱，一年肥料钱至少就要十几万元。化肥用多了土地会板结，但农家肥不会，并且施农家肥，植物的长势也不一样。像我们喂猪的话，有了猪粪就可以少用化肥，也可以增加一些额外收入。如果说我把猪粪拿来上花椒树的话，猪粪相当于抵了化肥的钱。然后养猪，多多少少也可以赚点钱。我们那也符合建猪场的条件，所以我们就建起来了，就建在花椒地最上面。这个猪场不大，只能养一两百头猪，自己也管得过来。如果更大的话，也会增加一些建设成本。而且猪场建大了，到时候两边都管不过来，就麻烦了。

养猪，说简单也比较简单，我们现在养了十几只母猪，我们才建好嘛，所以只有十几只。现在就没有再去引进其他猪种了，现在的猪很贵呀，如果说我要买猪来全部管好的话，一年投猪种的钱又要几十万元，这样压力会很大。去年我们手头资金不是很充裕，就没去买猪种，现在贵得很，我就不敢去买。第二个是，才建好就养了几只，有些都已经长成大猪了。如果再去买的话，又要增加成本。长成大猪之后，母猪孵仔了，如果说猪崽儿行情好，我就卖猪崽儿，如果行情不好，我就养大了再卖。因为十几头母猪，产猪崽儿就要下一百多个。我们买饲料，也买包谷（玉米），自己粉碎之后拌饲料喂猪。

从猪房里面出来，有一个化粪池。化粪池通到地里有一根管子，猪粪多了，就会从管子直接浇到地里。这是人工控制分区域洗，如果这一片浇了之后，要关几个月，我就浇另外一边。自己那里只能循环地放，一年只能放一次，有的地方就还浇灌不到。因为我现在猪场没得这么大，全部的猪粪都供应不上我全部的面积。只是说现在慢慢来，能减少一部分化肥资金，就减少一些投入成本。有些地方的土很瘦，我就可以先浇灌这些地方。后面那些全部是坡地，猪粪就往下面慢慢放。猪全部长大之后，猪粪就多了，粪水也全部浇灌到地里，就可以全部用来肥花椒地了。

有信心搞好

我既然选择了这个，要搞就要搞好。你说不投资呀，又已经投这么多钱进去了，像现在这样，我也不可能放弃，是不是？我只有想怎么做得更好。同样是做农业，别人在做，我也在做，而且我那里的基本条件都已经建设好了，也不比别人差。所以只有靠自己把它经营好，思考怎么走得更远。平时认识做花椒的人也多，也去看了别人的，我们的基础设施、基地环境、光照条件，都不比别人差。我们这里成片，又是一层一层的坡地，花椒树都能接受到阳光。如果是平地，或者洼地，有的只能晒一半边，有时候上午晒得到太阳，下午就晒不到了，有些又被树遮了。有的又是这里一块地，那里一块地，不好管理。我感觉我们这里还是不错的。

只是有一段机耕道一直没有硬化，我们也没去找农委。下雨天运输肥料或者摘花椒，那些路就不好走。此前国家扶贫嘛，财政资金很多都拿去扶贫了，就没弄这方面。还不知道今年能不能硬化，听说今年要把这些路硬化，但是不知道好久施工。我也没有去问，因为我也不喜欢经常去打扰别人。他们跟我讲了，说的是今年。只有到时候看，因为这才刚刚过了年。

有很多平时来参观的人，也是带到我们这里来。但我也不是像别人那种，去搞国家项目的，别人都说我完全是傻的。但是，我跟别人想法也不一样。如果很多的事情，我都去做的话，别人也会说你是想得国家的钱。我只想国家把我们那个路硬化了，因为自己如果去硬化那个路是肯定不可能的。还希望国家建一个水池，就是这两样。我现在基地里面的路都还有两公里多没硬化，如果加上水池，这些投资，至少还要一两百万元。我们的计划已经报上去了，据说今年把这个事情完成。其他的事情，我全部没有依靠政府来做。其他的建设，完全都是靠自己，把这些搞好了。前前后后投了几百万元，不投资也投资了，所以一定要做好。如果不做好，已经投了这么多，心里想不通的。如果不做这个，去投资其他的，现在做什么能够保证百分之百地赚钱？没得谁敢说我投资什么就能百分之百地赚钱，这个谁也办不到。我做的这个，现在自我感觉还可以，所以说要再坚持。

去年卖花椒卖了四五十万元，如果全部投产了，按照正常来算一年应该能卖三百万元左右。我一年的费用成本，实打实算完，其实只要三四十万元。所以，我做好了肯定能赚钱，所以我一直在坚持，看今年行情就很好了。自己天天想起，心里还是高兴，只要把它做好就行。

那些基本已经长成大树了，都已经投产了。现在正在申请绿色食品认证。花椒因为使用农药，而且花椒本身的重金属含量高，很难通过绿色食品认证。所以说，做花椒绿色食品有点难做。但是现在发展花椒，不管怎么说还是品质最重要。如果你要跟大的企业、公司合作，即使没有绿色食品认证，也一定要有品质。农药残量、化肥这些东西，我们现在尽量少用，但用还是要用，因为必定要杀虫，如果不杀虫，结的花椒就收不到。但是这个用药，我们现在就是低残留，完全就是对人体无害的那种，就是矿物质那种，我一下子想不起名字了。

与海惠的缘分

当时是我老婆的舅妈给我说了，我才去申请这个项目的。她在农广校里上班，因为农广校又跟农委是联起的。当时这个通知和链接是每个乡镇、每个村都发了。最开始是村上通知我，镇上的文件也发过来了，其实我都知道，只是最开始我还没有在意这个问题。后面是舅妈给我讲了之后，我才填了表。这个是农委发出来的，是发到农服中心，农委发出来发到乡镇，乡镇再发到每个村上。我们那个乡镇就只有我参加了这个项目，因为也没有几个年轻人在创业，很多都是自己随便种点。

我没有参加过其他机构来帮助企业的项目，就只参加了海惠项目。在我心里，海惠做得很好，实话实说，海惠对我帮助很大。第一就是海惠给我们的资金，也可以给我们在生产过程中多少减轻一点开支费用。还有就是平时带我们出去参观，也是给我们自己增长见识，去看别人怎么做。他们花时间、精力来帮助我们做这个事情。特别是那个唐老师，我真的很感谢她。我给我家人就说，海惠是我们需要什么就给我们帮助什么，真的是这样。唐老师随时都是这样，她们的资源比较多。像我上次是做商标还是什么的，我顺便跟她提了一句，她就去给我查资料，找有合作过的人。随便提一句，她就马上去问这些事情，随后就给我发微信来了。有时候摆下龙门阵，"在生产过程中遇到什么问题了呀，有什么需要呀"，她时不时就会这样问我。我就觉得海惠是我们差什么，他们就帮助我什么。

通过海惠，认识了不同的人，有更多的资源，有信息可以共享。因为这个社会都是讲资源，讲人际关系。有些又是需要花椒或者其他资源的，可以资源共享。还有就是认识其他种花椒的、养猪的，大家平时也在沟通。有什么好的节约成本的方法等，可以相互交流，这是很好的。还有就是一些其他培训项目，都是一样能够认识更多的朋友，可能无意之中摆点龙门阵，说几句话，可能都会给自己的企业带来一些改变。可能自己没注意到的地方，会在别人身上学到，能够节约成本，吸取到更好的经验、想法等等。如果不跟着别人交流学习，很可能自己在别人栽跟头的地方，自己也还要遭。如果能认识更多的朋友，有些事情就没必要去走弯路。

海惠还有能力提升项目，我们平时交谈过程中遇到的问题，他们会综合起来，请老师来讲课，给我们带到某个地方去参观学习。这个过程中，我们都能学到东西。我们一起吃饭、听课，都不止一次两次了，都是很多次了，交流很多。所以说，我觉得真的很好。

创业者：周江，男，1991 年生。丰都县椒旺花椒种植专业合作社
访谈及整理者：李海燕
访谈时间：2021 年 3 月 16 日

📖 **访谈手记**

　　"我就是喜欢农业"，这种"喜欢"让周江回到家乡，建设家乡。乡村振兴就是需要大量像周江这样懂农业、喜欢农业、投身农村建设的新农人。然而，周江第一次回乡创业，却被家人劝返回城，因为家里人担心他整天待在农村，没人看得起他，找不到媳妇儿。所以，在思考如何让更多青年回乡、下乡创业的时候，除了通常所认为的乡村创业政策、创业前景、家乡发展趋势等宏观环境方面的吸引，除了个人在城乡之间的收益比较、照顾家庭等方面的微观因素的考量，有关城乡差别的一些社会观念、风俗也需要引导和改变。

小 产 品 大 市 场

李明海：我们跟市场很紧密

从网箱鱼到冷水鱼

我是 2002 年去当兵的，在部队当了 5 年兵。退伍时得到两万元补助，结婚成家花了一万多元。回来看到龙河水库有人在喂鱼，我就创业开始喂鱼。鱼苗、饲料、基建设施等都要花钱，我就向亲朋好友借钱，开始小规模地试试。原来网箱鱼是当年就能见效，网箱鱼被取缔后，就开始养冷水鱼了。

鱼场本来是在龙河，由于那边要建湿地公园，我们就搬到暨龙来了，两地相隔 20 多公里。政府当时只象征性地赔偿了几万元钱，前年龙河那边渔场已完全拆了。2013 年，我和几个朋友一起来到暨龙九龙泉村，发现这里的水很好，是流动的活水，还有个溶洞，水温常年在 20℃ 左右，我们便决定在这里养冷水鱼。低水温使得鱼生长速度慢，但体质好。暨龙这边就是 2013 年投产的，建流水池等基础设施投入了 200 多万元，开始是 3 个人合作经营。2014年就形成了养殖规模。

我们暨龙这边的鱼塘有 30 亩，其中流水池有 5 亩，26 个池子；还有 3 个空池子，准备用来分苗。土塘有 18 亩，另外还有些空地用来种点瓜果蔬菜。土地流转费就要 4 万多元，1300 多元一亩，签的合同是流转 30 年。这对老百姓有好处，每年 12 月底给流转费，涉及五六十家，也有农户平时到我们这里来打工。开始时也有钉子户不愿流转土地给我们，有的人就是不想你来把钱挣着跑了，但后来找村干部帮忙协调解决了。有一两户要求一次性拿 30 年的流转费。我们合伙人中有一个是当地人，但有的事情还是协调不了。

鱼塘主要是自家人在管理，我负责统筹和销售，此前我老婆、岳父母加上另请的一人负责具体养殖工作。我老婆现在出来照看孩子了，所以又请了两三个员工。我们养的主要有鲟鱼、雅鱼、三文鱼，还有瘦身草鱼。因为草鱼在鱼塘经饲料喂养后，长得太大，肉质不好。我就准备了专门的池子，用于草鱼瘦身，也就是这个池子里不喂饲料，让草鱼变瘦。草鱼一般会从 5 斤多瘦到 3 斤多，瘦身后的草鱼，肉质更鲜美。一个池子只养一种鱼，因为每种鱼的饲料不一样。

三文鱼对水温、水质要求都很高。整个丰都县只有 3 个地方可以养冷水鱼，它对气温和水的要求高，养冷水鱼，水温不能超过 20℃，基本上不用药。

不一样的销售路径

冷水鱼长得慢，但此前一直不愁销路。我们的销售方式主要是批发，鱼贩子自己到我们这里来拉，鱼一上车就收钱，基本上不赊款，我们也不用管运输方面的问题。有三四个鱼贩子来拉就很不错了，他们一次就是拉上万斤的鱼。东北有个鱼贩子，他就是要大一点的鱼，要七八斤以上，二三十斤都可以；他们喜欢大的，喜欢炖鱼吃。

周边地方需要鱼，我们可以送过去；远的地方，购买方自己过来拉。鲟鱼会卖到外省，比如广东、云南等地。三文鱼卖到昆明、上海等地。草鱼、雅鱼大多卖到周边。原来我们是自己培育鱼苗，现在就是找人买鱼苗，雅鱼的鱼苗来自雅安。鱼一般养 2 年，就有 3～5 斤重；养 1 年的鱼，一般仅有 1 斤多。鲟鱼一般售价 16～17 元/斤，雅鱼 60～70 元/斤，瘦身草鱼 18 元/斤，普通草鱼 8.5 元/斤。去年价格最高，鲟鱼 16 元一斤；今年因为疫情，就只有 11 元一斤，也还没人要。目前有鲟鱼 16 万斤左右，三文鱼 4 万斤，草鱼 3 万斤（瘦身鱼 1 万斤，一般的 2 万斤）。现在已经四五个月没出货了，这是什么概念啊！新冠肺炎疫情开始到现在，还没发过一整车鱼，真是焦心。疫情对我们的影响实在太大了，整个餐饮业都受影响。现在我们给鲟鱼、瘦身草鱼打氧气包，然后让客运班车带货。

三文鱼价格高，在家里也不好烹饪，所以疫情防控期间销量大受影响。乡镇里基本上没有买三文鱼的，顶多到了县城才有人买。四大家鱼销量好，价格也便宜些。鲟鱼没刺，适合老人、小孩吃。我们不供应超市，因为他要的量不大，一天才需要二三十斤，我们不给他们发货的，运输成本很高。他们也是从重庆那边拿货。有时我们发上海，发一吨、两吨的，他们有时又发回重庆，再发到各个销售点。

意想不到的风险

我受打击的次数多，但一次次都挺过来了。2008 年出了车祸，算下来要赔 100 万元。当时正是创业当中，钱紧张得很，不赔偿好肯定不行，后来分两年赔完了，总共赔了四五十万元。我后来又组织资金继续养鱼。2011 年，由于天气原因，鱼全翻塘了，直接亏损 80 万元。后面还有一次发洪水（把三建的大桥都冲垮了的那年），洪水又把鱼池里的鱼冲走了一大半，损失了一两百万元。继续养鱼就需要继续投资，合作伙伴不愿意继续投入了，我就继续投资。所以，现在那两个朋友只占有股份，不参与日常管理。那次大水后，暨龙镇政府补助了 1 万元，并修了河堤，疏浚了河道。我们也把鱼池加固、加高，今年涨水也是从来没见到的，但我们鱼塘没问题，只是遭浑水了，现在不会再出现洪水冲走鱼的情况。天灾算是躲过了，但网络上有人说虹鳟是假三文鱼，我们的虹鳟销路就受影响了。后来专家声明三文鱼种类很多，这是三文鱼的一种，这一波影响才过去了。但后面网上又说三文鱼带有新冠病毒，结果一下子就更没市场了。网络上一有风吹草动，我们也跟着受影响了，我们跟市场很紧密。以前有人给我提过保险，但我们看了条款后，觉得用处不大就没买。

我已是四十来岁的人了，没其他想法，现在就是一直投入到这里。感觉目前的模式没有什么问题，技术上也没问题，毕竟养了十几年鱼。我们还计划以后搞垂钓、休闲，钓鱼爱好者他不怕远，只要品质好他就来，我们是引河水进鱼池来的。脱贫攻坚政策帮我们修有 100 多米的支路，另外有青石板路。我也说不好希望有什么政策。其实像我们转业军人、退役军人，也没享受多大的政策，比如说平时买票可以不排队，但我也不好意思不排队的。

我以前没接触过社会组织，与海惠是通过汇丰银行接触的，因为我们是汇丰银行的客户。海惠这种帮扶方式特别好，特别是带着我们出去学习，学习其他经营模式。去河北围场参访交流的时候，丰都这边去了 12 人，去了 5 天，看了五六个地方，特别是那边卖羊肉，经营模式确实不一样。我们创业者之间一路相互交流，也算是深度交流了，受到很多启发。

创业者：李明海，男，1977 年生。重庆市丰都龙河镇诚心渔场
访谈及整理者：冉利军
访谈时间：2020 年 10 月 7 日

📖 访谈手记

随着互联网的普及和信息化时代的到来，农产品销售也受网络舆情的直接影响。养殖三文鱼的李明海对此算是有深切感受了。"三文鱼携带新冠病毒"的网络传言以及"虹鳟是否三文鱼"的网络讨论，都对其鱼产品销售有直接影响。用他的话说，就是"网络上一有风吹草动，我们就跟着受影响了"。可见，即使偏居一隅，只要是面向市场的商品化生产，就不可避免地受到全国乃至全球相关行业信息的影响；即使处于产业链底端，商品化生产也处于自身的市场体系之中，与市场联系紧密。一种产品，也会逐步发展出适应自身特点的市场体系，就如李明海所讲述的，三文鱼的市场体系、销售路径就与瘦身草鱼、雅鱼的路径明显不同。

廖丽娟：把父母做的事情利用网络平台做大

销售当地的农副产品

我读中职时学的平面设计，18 岁毕业出来之后就做的平面设计，20 岁时做网络营销、SEO（搜索引擎优化）。当时手机网络还没兴起，还是百度、官网这些东西。后面又到涪陵农业公司里面做的电商专员。电商专员其实就跟我们现在做的有点像了，只不过他们有农业、餐饮和旅游，同时也有电商产品。电商产品就是当地的蔬菜、鸡蛋等，然后当地的农副产品也在一起卖。后来我在长江师范学院拿到了市场营销的大专学位，大专毕业后在农业公司做电商。

当时在外面轻松哦，为什么想回来呢？是我妈让我回来的。她一个人太累了，我妈那时已经在做电商了，卖鸡和鸡蛋，她自己在微信朋友圈卖。2018年销售额有 18 万元。家里人就喊我回来，我想着自己可以帮助他们，便想返乡创业做电商。我们是 2019 年回来的，回来就一起做。我爱人当时在自来水公司，也很稳定，我一回来，他也就回来了。我们回来就做了微信公众号，做了微商城，开了淘宝店、小程序等，将父母所做的事情利用网络平台做大。

我现在卖的主要是当地的农副产品，比如鸡蛋、鸡、鱼。熊勇那里的芦花鸡是我们这里的产业，比如现在雷竹笋出来了，就卖雷竹笋。冷水鱼是一年四季都有的，冷水鱼也是我们这里的一个扶贫产业。我们就是卖点当地的产品，还有农户家的干豇豆、干竹笋这些。像海惠项目中的芦花鸡、冷水鱼、纯蔗红糖、风萝卜，我们平台都有卖。

之前卖得最多的是鲜牛肉，52 元/斤，老客户回购的多。一般是对接好养殖的贫困户，客户有需求时提前联系好，再去屠宰厂宰好拿回来冻好，客户下单后，再发货出去。一般通过顺丰发货，最远的地方发过北京。虽然牛肉卖得好，但我不打算扩大做，因为牛肉有局限性，有的地方的肉很好卖，但像牛脖子等地方的肉就卖不出去，积压很多。现在别人买了牛肉之后，比如牛腿肉全是瘦肉，需要的人不多，我们就把牛腿肉做成牛肉酱，牛肉酱也可以卖，这样就不会积压那么多，也减少一部分的存货。现在也在卖牛肉，丰都县其他农产品也在卖。牛肉卖得好，但我还是更喜欢卖麻花、豆腐乳等独立包装、运输方便的产品。

成本控制和管理

2020 年，我们注册了"廖小二"品牌。三建乡有区域公共品牌——"雪玉龙河"。目前更多的是开发新产品。因为丰都的产品就那么一些，销量已经上来了，大家也都在卖。所以现在就在开发自己的特色产品，我们的主打产品要经济实惠。其实，丰都普遍的农产品还是卖得挺高的。现在就是寻找那种适合直播带货的产品，经济实惠质量也有保证。像"陈麻花"就很适合，但给我们的价格也贵了，12 元多一斤，而网上也只卖这么多，所以我们拿来推的话，根本就推不动。

土特产是先买过来再卖出去，如果卖不出去，就会亏。不过代售的产品可以退回去。去年因为干竹笋等产品亏了 2 万多元。我卖出去的东西，收入的 90％都是成本，因为像土鸡蛋等农副产品，都是按照市场价收，也不会给农户压价。而且开始我们是自己下乡去收，车费、人工都算自己的。有时候去收，还收不到很多，一家一家地去问。现在就方便多了，因为每个村也有电商了，就不用每个村到处跑了。当地村民也晓得你这里要，他就会送来，或者赶场天我们去拿。比如收鸡蛋，现在就是一周收一次，一次就把周围的都收完了。不像之前那样，需要多少才去收多少。

目前的经营场地是村集体资产，作为投资，利润的 10％分给村上。房租 1万元/年。做电商的成本不高，因为我做这个东西，我晓得哪些渠道合适我们，哪个渠道要便宜点，但效果也差不多。比如微商城，我们就是直接在淘宝里面购买模板用的，一年也就几百元钱。因为商城这个东西，前期也不可能花好几千，我们本来也是小本生意。比如你买那些有品牌的商家、平台的话，一年差不多要花七八千元左右，对我们来说这付出就有点高啦！如果自己开发的话，甚至可能超过十万元。我之前在外面公司里，也是负责这些，所以我晓得怎么节约成本。

2020 年 6 月，我弄了个抖音小店，打了保证金 4000 元；又做了拼多多，保证金 8000 元。拼多多总共下了 2000 多单，但利润不大，例如麻花产品，进价 13 元/包，运到这边有 1 元的成本，卖出去的运输成本有 3 元，平台还设了

1%的抽成，售价才 19.9 元，所以不怎么赚钱。

我们没有什么大的规划。也不知道资金跑到哪里去了，可能都补进这个店了。我们账都是乱的，很多账也没记，自己也说不清楚。其实管理那套方式方法，比如品控啊、合同啊、财务规范化啊，我们也知道，但就是没去做，没得精力做。

养鸡场

除了电商外，我还和父母一起养殖鸡。我们利用山林，散养了两千多只鸡，鸡场主要是父亲在管。做鸡场主要是想控制价格、降低成本，鸡场进行独立核算。鸡场的公鸡卖出去做麻辣鸡，母鸡生鸡蛋来售卖，老了就卖老母鸡。有 100 元 1 只的，也有 138 元 1 只的。食堂、单位、电商等这些渠道都在卖，2019 年卖了 2000 多只。

现在还在做鸡场，不过只有四五百只鸡了。之前的鸡都卖完了，我们也不打算再补鸡苗了。因为我们喂了两年的鸡，两年都亏了。所以，今年（2021年）就少喂点，只满足自己的销售就行。前两年也可能是管理不善，也可能是管理的人没对，然后就亏了。去年电商一共收入 600 万元，利润可能有 40 万元。电商方面确实是赚了点，但养鸡亏了，可能差不多持平。

想带动农户也挺难的。我们把 10 多元钱一只的半大鸡苗，完全免费送给村民们养。他们领养了鸡苗，结果最后不把鸡卖给我们。我们给他们发的鸡苗，他们有的说自己吃了，有的说自己卖了。他们赶场卖不掉，才来卖给我们。所以我们规模也就上不来。合作社、电商平台，这些还是要定好规矩才行。

后脱贫攻坚时代怎么办

我们三建乡是重庆市深度贫困乡镇，市人大常委会牵头帮扶我们乡。他们会帮我们接点单子，然后乡政府会给一点。政府更多的就是提供一些信息，也帮忙宣传，更多的是单位团购的单子，有人问到政府部门之后，他们也会介绍客户过来。农村淘宝项目的扶持，就只有电脑、电视和几个货架。我们没去申报其他政府项目。我们很淡定，就只管自己卖东西，我们就是纯粹地卖东西，没有去应酬，不爱去跑。如果跟县上关系好，可能支持力度会更大一些。

我们此前一直在考虑扶贫政策结束后怎么办。脱贫攻坚政策去年底就结束了，今年开始是乡村振兴。扶贫政策结束对我们还是有影响的，因为团购的订单会少很多。我们是自己的平台，自己的渠道，所以就算政策抽离了，该合作的还是在合作。只是团购订单、单位订单会比较少。为了预防这个问题，我们一开始就决定做自己的平台。我们还跟丰都县其他乡镇 8 个做电商的联合起来，可以互相代发货、调货等。我们也可以给他们供货，也就是说我们是供货商，也是销售商。我们不限于自己销售，还可以给其他电商平台供货，相互合作。自己的微信公众号，现在关注的人不多，只有接近 2000 人。不过，关注我们微信公众号的人，都是买过我们产品和知道我们的人，这里面的回头客多。微信公众号发出去的东西应该是有人看的。只是我们自己没有运营好，我们也欠缺一些东西，因为我们之前也没做过让别人关注我们公众号的这种活动。现在关注我们的这一两千人，都是真实的客户。

创业过程中可能有挫折，但我忘了，也没感觉到什么困难。村上、政府、家人们这些都挺支持我的。父母本来就一起在帮忙做，因为我们就是一起的。参加海惠这个项目，最大的收获就是认识到了很多当地人，了解他们做的产业。海惠在群里发的一些信息，也很有用，对我个人很有帮助。海惠给我们提供了很多资源。

创业者：廖丽娟，女，1995 年生。重庆市三建土产有限公司
访谈及整理者：李海燕
访谈时间：2021 年 3 月 31 日

📖 访谈手记

廖丽娟学的是平面设计、市场营销，毕业后一直从事网络营销相关的职业，所以在其母亲开始做微商推广家乡产品后，她也决定回乡利用所学投身家乡建设。她是海惠丰都项目支持创业青年中唯一一个做电商推广销售的，而且主要推广丰都当地的农副产品。海惠项目中，熊勇的芦花鸡、李明海的冷水鱼、罗大林的纯蔗红糖、范红容的风萝卜，在廖丽娟的网络平台上都有销售。正是海惠项目所搭建的平台，让创业者们相互认识，相互支持。返乡创业者们在业态上可能相互联系和帮助，从事种养殖业、农产品加工业的创业者，上游可能需要郎红军们的农技服务，下游也可与廖丽娟们的电商推广进行合作，同行之间还可交流经验与信息。在这个意义上，海惠所实施的项目确实为丰都创业者们提供了相互交流、合作的平台，更重要的是激活或重塑了丰都的创业生态。

罗大林：我们做纯蔗红糖

20 世纪八九十年代我在福建打工，2002 年回来以后，就经营丰都到成都的长途汽车，经营了三四年。在 2009 年时开始养羊，我们这个地方冬天没有草，就种甘蔗来喂羊。甘蔗上面的叶子被羊吃掉了，那甘蔗怎么办？当时就想做甘蔗加工。在 2013 年、2014 年，羊的疫情来了。羊一旦感染了布氏病菌，3 小时就死了，一死就是一大片。这是风传播的，当时这里感染了 1 栋，其余 5 栋没有被感染。布氏病菌感染人后，人也会没有力气、绝育。

那场疫情之后，我就不养羊了，开始搞小作坊做甘蔗红糖，后来慢慢地才做大了。最初是我一个人在做，后面有资金需求，就有亲戚朋友来一起参股，共有五六个合伙人。各种投入加起来，我们投入 1600 多万元了。现在我们是正式的公司形式，日常生产经营都是我在负责。我们的技术是没得问题的，因为我们社坛镇很早就出红糖，早在 20 世纪七八十年代就生产红糖，那时是集体企业，所以当地人也有经验。不过现在社坛镇，也只有我们这块儿地方有做红糖的，还有三四家在做，有的就是架个锅用柴火熬糖。其他乡镇也有几家在做，但我们没有什么联系。

纯蔗红糖的生产

我们是做纯蔗红糖，自己种植甘蔗，然后自己加工成红糖。我们这里种甘蔗很有优势，土质好，黄土地、石谷子地，很耐旱。像今年（2020 年）的天气也很好，三晴两雨的，甘蔗长得好，水分和甜分都够。我共有 800 亩甘蔗园，其中 400 亩是自己的，另外 400 亩是村民种的，我们去收购。从种植基地到厂里的产业路，也是我们企业自己拿 200 多万元修的。我自己这 400 亩甘蔗是有机产品，施有机肥。我们收购村民的甘蔗做成绿色产品。厂里有两台压榨机，每台每天可压榨 30 吨甘蔗。压榨之后进入赶水、打泡、沉淀、二次沉淀、熬浆、冷却结晶等流程，然后再从物料口进入包装环节。我们这个一亩地，可以产甘蔗 4 吨。然后差不多是按照 10：1 的比例熬成红糖，就是 100 斤甘蔗，熬出 9~12 斤红糖，一般不低于 9 斤。生产几个月就能卖一年。

我们常年请工人，种植这边有 30 多个人，主要是老年人，他们出去打工也没人要了，所以只有在家里。我们也是按天算工资，因为天晴还是下雨对农活影响大，不可能像外面那种给月工资。我们加工厂这边，在每年 12 月到第二年一二月份，最忙的时候我们要请 80 多个工人。生产忙完之后，他们就又出去打工了。我们这个时间段，刚好是春节前后，很多人回来过年，顺便就在我们这里打工，然后我们这边忙完了，也不怎么影响他们出去打工。我们对贫困户的带动还是大，我也是致富带头人，带动贫困户种甘蔗。我们基地涉及两个村，其中一个是贫困村，不过已脱贫了。

成本高　无价格优势

我们这个红糖有商标，叫"印象罗大林"。我们的红糖各地都在销售，线上线下都在销，像淘宝、京东都有店，抖音直播上也有。但线上效果不怎么样，因为网上有假的、无证的，用工业糖来充当红糖，他们成本就便宜多了。网上假货多，充斥着工业糖。消费者在网上买东西，还是想买便宜的。我们这个不掺假，是纯有机绿色食品，就没得价格优势了。他们有的在网上几元钱一斤就卖，我们在网上卖二十多元一斤。网上有一种赤砂糖，它其实是北方甜萝卜提取白糖过后的残渣熬成的，主要是工业用糖，它加了色素，加甜蜜素，加点淀粉，就勾兑成红糖了，这种成本就低得很。

我们的成本降不下来，我们的成本主要有人工成本、甘蔗种植成本，还有天然气燃料成本。我们现在是用天然气来熬糖，一个月的气费就要十几万元。有的家庭作坊没得食品生产许可证，用煤炭甚至用柴火来熬糖。现在国家环保标准是不准用煤炭来熬糖的。在西南地区的红糖生产，我们是真正拿了食品生产许可证的，也有绿色食品认证。云南有的大厂家确实有许可证，但是他们没有自己的种植基地，主要是收购小厂家生产的红糖来贴牌销售。不说整个西南地区，至少在川渝两地，我们应该说是做得比较好的。我们没去申请有机证书，因为有机证书要求每年都要去培训，仅培训费就是 2 万元一年，然后他还要派人来抽检两三次，费用太高。我们也不想去申请了，拿到这个有机证书，可能对产品的销售收入增加效果也不明显。我们现在一年的生产能力是 500 吨，但现在的年产量是 200 吨。主要是价格和疫情的影响，我们没有开足马力生产。

我们没有稳定的经销商，线下主要是依靠各种店铺，比如那种批发店、副食店等。我们进不起大型超市，他们要入场费，这入场费很贵。大超市入场费就要一二十万元，而且他们还不是现金给你结算。去超市，我们压力大。我们也没有专门的销售人员，没有办法，只有坐着等别人上门来买。签合同的也多，但签了合同也卖得少，销量上不来。不过，我们还是全国都在销。以前自己可以卖二三十吨，消费扶贫也可以卖一部分。本来还有出口马来西亚、新加坡等地的订单，但受新冠肺炎疫情影响，最后没能运出去。所以，现在仓库还有八九百万元的货，好在有效期三年，只要在这三年内卖出去就好了。政府给我们建了保鲜库，配了一个冷藏运输车，这是产业链扶持项目。原来主要依赖熟人圈卖货，现在规模大了，就要依赖电商。

我们接触海惠，是由乡镇、农委报上去学习、培训，然后海选出来的。海惠组织的学习、培训，还有到外省学习、交流，都是有针对性的，收获大。创业过程中最大的困难是资金，销路上也有一些困难。希望政府继续有补助，我们可以项目配套。

创业者：罗大林，男，1975 年生。重庆天顺农业综合开发有限公司
访谈及整理者：冉利军
访谈时间：2021 年 3 月 27 日

访谈手记

小小的一颗红糖，从生产到销售需要面对的事情也是错综复杂，没在这个行业里面摸爬滚打，也不知这里面有多少门道。从网上低成本的"赤砂糖"，到大厂家贴牌销售，到有机食品认证要求，再到大型商超入场费和货款结算机制等等行业现状，罗大林都十分清楚。但他不忘初心，坚持做纯蔗红糖，并以"印象罗大林"为商标，这是对产品的高度自信，也是一种价值彰显，这些投入使他能在西南红糖行业占据一席之地。

孙　军：压力最大的是养殖场老板

摸索经验

我以前也不是做这个行业，原来在成都做燃气管道，机缘巧合就进入了这个行业。之前有一波周期，2016 年的时候生猪行情好，感觉这个行业不错，其他行业也不怎么懂，就进来了。结果进来后，就遇到低谷了，后面遇到非洲猪瘟，生猪、肉价上升了，一些养殖老板才赚了点钱。但这也是那些没受疫情影响的才挣了钱，若受了疫情影响的就亏得更惨了。创业前期，对产业投入、资金、行情判断、技术等等都没什么经验，吃了不少亏，现在慢慢摸索出来了，我现在主要精力还是养猪，家人们也一直支持。

我们与 10 多户农户合作，以低于市场价买猪仔，并找人收购成猪。去年已经有一次分红。我们这猪场原来是养牛场，固定资产投入了 200 万～300 万元，在原有养牛场的基础上扩建、改建成了养猪场。我们有 6 个人管理合作社，我整体上统筹管理，主要负责合作社管理和市场，没有去实际操作。我请有 2 个技术员，是从河南请来的，他们的工资由公司和养殖场两部分构成。还有 3 个喂猪、打扫卫生的工人，每个人月工资 2500～3000 元。除了 2 个技术员是外地的，其他人都是本地人。他们都是全职，按月领工资。

我们现在规模有一百七八十头母猪，都是自繁自养，每年出栏量有 3000 多头。在全县、全市生猪养殖行业来说，我们应该算是小偏中型的规模，大型猪场还是多。现阶段准备维持着走吧，也可能猪价下行，压力也大。

市场影响因素多

生猪市场行情变化很大，非洲猪瘟疫情影响也大。春节前后，全国很多地方又爆发了，都是自行处理，大多数时候都是自己管，除非媒体曝光出来。现在大多是自己处理。我们这边还是有一些农户养猪，就像传统那样，一户养几头猪，这种成不了规模。现在政府大力支持新建猪场养猪，目前产能还没上来，还没表现出什么影响，但后面大量上来了，可能影响就大了。环保要求对我们影响不大，因为我们都达标，该配套的都配套好了的。

现在的养殖形式，就是我们这些养殖场的业主老板养活了上下游。上游的，比如兽药、饲料、疫苗等，他不管你生猪市场行情，他们反正是赚了钱的；下游的像屠宰的、加工的、卖肉的，也都是赚了钱的。他们不受行情影响，真正压力最大的，还是我们这些养殖场老板。在经营方面，上下游相对固定，哪家的饲料、药用着合适，一般就用哪家的；下游的话，谁给的价格高，就卖给谁了。销售方面没有问题，有时是贩子来收，有时是屠宰场派人来收。我们有时候也会拉去交给屠宰老板，但这就又涉及车辆、运输费这些，反正要根据不同情况来做。

不确定因素太多了，市场因素、猪瘟，等等，新冠疫情对我们没有什么影响，但饲料价格、瘟疫这些有影响，这些都是做农业需要面对的现实问题。总体上说，生猪养殖业，挣钱的是小部分人，亏钱的是大部分人。目前又到了一个平衡点，生猪价格已降到13元/斤了。这个价格，自繁自养的话，可能与成本刚刚持平，要是去买猪苗来喂的话，当时可能2000元一头猪苗，加上1000～2000元的饲料，13元一斤的生猪价格，就已经亏了。

有一些政府项目的支持，比如环保设施方面，但也不多。政府项目的竞争也大，一般对新建猪场的支持会多一些。政府畜牧技术人员对我们帮助也不是很大了，因为规模大的养猪场，一般都有自己的技术员、兽医师，就不需要像普通农户那样，需要比如打疫苗这些服务。

我们是通过农委认识海惠的。海惠他们这种方式，包括思维引导、技术专题讲座、出去专题学习等，与农委组织的有区别，但一些活动也相似。作为公益机构，站在引导创业青年的层面上，有一些不一样的东西让我们去学习，能拓宽我们的知识面。

创业者：孙军，男，1987年生。丰都县金东生猪养殖专业合作社
访谈及整理者：冉利军
访谈时间：2021年3月29日

📖 访谈手记

　　老百姓对猪肉价格的涨落十分敏感，但老百姓并不一定知道价格变动的具体原因，因为市场这只看不见的手在调节着猪肉价格。从孙军的分析中，我们看到生猪养殖也具有盈亏平衡点，具有市场周期。不过，猪肉市场也是存在于整个经济社会之中，也可能有多种非经济方面的原因，比如猪瘟、环保标准、产业政策等因素可导致猪肉零售价格变动。对于生猪养殖业来说，进入市场时机、行情的把握很重要，但更为重要的是对行业的坚持，让前期的固定资产投入带来更大的产量，让市场价格波动对自己利大于弊。

乡村生活的
想象与重塑

胡峰境：最好是既赚钱又享受了生活

创业之前，我也是进公司上班。我是学土木工程的，大学毕业后，我就进了中国交通建设集团有限公司，主要是路桥建设方面，负责修建高速公路，曾在四川绵阳（2014 年）、乐山（2015 年）做过项目，当时野外工作比较多。回来后，在审计部门干过，也在"重庆路面"干了半年，燃气集团干了一年。经历这些之后，才开始做民宿。

共筑"聆居"

我做民宿，主要是帮我媳妇儿做。我们也是刚好遇见了，去年才结的婚。她想做民宿，但又要上班，没得时间做，我就来做嘛。她想做民宿，我就来帮她实现。当然也不只是讲情怀，也想赚钱啊，当然最好是既赚了钱，也享受了生活。实在不赚钱，也算自己享受了嘛。

这民宿也是在我老家这边，我们刚好转到那里去了，觉得这里可以用来做民宿。我们当时就把房子租下来了，租了 15 年，每年租金 5 万多元。我们和我姐姐合伙做。"聆居"是由姐夫设计的，请人施工，共花费 100 多万元。资金上，有借的，也有贷款的。父母还在丰都上班，也还是比较支持我们做。2019 年 7 月份营业，天气不好，只有 8 月份的时候生意好一些。赚的钱，又投进去了。来我们"聆居"的以年轻人为主，散客为主，单位的人相对少一点，因为单位有住宿标准，我们这里很容易超标。目前，我们投资都还没收回来。

要说创业困难的话，主要困难就是没经验，没搞过，以前只是去耍过民宿。当时其实根本没做好准备，想做就去做了，还是吃了些亏。比如说，最现实的就是，我们的预算超出了好多。这还是我们姐姐、姐夫做的预算，他们本来就是做设计的。不过他们也没搞过民宿，很多都没想到。

当时整个丰都县都没有做民宿的，现在也没多少人做。在丰都城里做民宿，吸引力不大。在我们这些地方做民宿，天热时，大家都想来。在8月份的时候，要提前半个月才能订得到房间，六七月份就没那么多人了。我们有麻将房6间，17个房间（28个床位），2个套房，有会议室。日常管理是我亲自在负责，请了后厨（月工资7000多元）、杂工（月工资2000多元）、客服，总体来说，每个月发人工工资就需要2万多元。人最多的时候请了几个工人。

民宿和酒店感觉不一样

丰都民宿只有几家，海惠这个项目里这两三家民宿都还在做。南天湖景区那边只有几个酒店，有时候也住不下。民宿和酒店风格不一样，各有各的喜好，有的人觉得酒店是标准化的、制式的，要安全点；有的人觉得民宿住着安逸点，有特色，自在些，放松些。来住民宿的人，往往也是喜欢民宿，他们和我们之间的关系，常常不像是顾客和老板的关系，而是像朋友关系一样，大家都聊得来。

现在，我在丰都县城还开了一个剧本杀，有点像桌游吧那种，是角色游戏，吸引年轻人。我也想把剧本杀开到民宿那上面去，主要是想让人们在民宿那边有耍的地方。那里现在除了林场，就没啥耍的，我们其实就是在三抚林场门口。要是有其他旅游玩乐项目，留得住人就好多了。要是政府真正把三抚林场那边的民宿搞起来，那还是不错。

季节性营业招工难

我们还是带动了周边发展。周边的农家乐，开始还在担心我们抢了他们生意，但我们来了，客流量大起来了，还帮他们带来了生意。我们去做起来之后，去南天湖耍的人才过来的，有的人知道我们这边的民宿，觉得过来住一晚，体验一下民宿。以前的话，这边的农家乐主要是接待来我们这边三抚林场耍的人，多半是丰都县城过来乘凉的人，吃了中午饭就走了。现在有可能住一晚。重庆下来的人，在南天湖耍了，可能就住酒店，或者当晚直接就回丰都住或者回重庆了。重庆下来的人也不晓得我们这边的情况，不晓得这边林场，就耍了就走了。另外，旁边有个漂流，夏天去玩的人有时候也到我们这边来。

我们这个民宿也是季节性的，主要做6~10月。冬天水不方便，交通也不方便。我们这条路上冬天有积雪，这条路没人除雪，不像南天湖到丰都那条路有专门的铲雪车除雪。现在主要就是想把冬天也搞起来。但是没有大环境，没水也没办法，夏天有时候还缺水，我去年还到山上去打水下来的。现在自来水管道是通了的，但是分时段供水。你说我们做民宿，这没水怎么能行嘛。水、路，这些基础设施很重要。当地政府把水管道铺完了，但没得水也没得办法，蓄不起水。现在那边修了水库，在蓄水，不晓得今年会有水没。

要是我们这边大家都做好了，除雪车过来才有效益。它单为我们一家来，我们也不好意思去开这个口啊。要是我们这边有很多民宿、很多农家乐，那除雪车自然就会过来为这条路除雪了。而且，我们那些东西，放一个冬天不用，很多东西会坏，维修成本也高。我去年上去，自来水龙头都是冻裂了的。冬天下雪时低温冻过之后，东西很容易坏，经常是一会儿这儿坏了，一会儿那儿坏了。

我不晓得这里是不是贫困村。我们根据国家政策，扶持贫困户，带动贫困户就业，但也不好找工人。贫困户不想来，或者他们愿意出去打工。关键是我们是季节性的，不然还是要好招人一点。有的本来就是要出去打工的，只在你这里做几个月也不现实啊。基本上村里没得年轻人，年轻人都是出去了的。生意忙的时候，找一两个人都找不到。

我们了解到海惠项目，是当地政府通知我们的。海惠对我们的帮助大，具体怎么说呢，对我们观念方面的影响是最大的，比如路演、参访、学习，对个人还是有提升。海惠带我们去莫干山，看了之后越发觉得，我这边不适合做民宿。我们是民宿开荒的，那边的民宿很成熟了。我们跟他们民宿老板聊，问他们怎么招人啊什么的。结果他们都是有政府培训机构，有政府培训，免费培训听课，反而还给你发钱，培训合格了直接分配过去。这种就方便得多。我们是要现找，好不容易找到了，还不知道他能力怎么样。有时候我们去招了，做一两天，也感觉能力不怎样，但是你又还不好去把他开除了。每年最烦的时候就是招人。去年一年，仅厨师就换了3个，有人来了，感觉这里太远了；有的人，确实水平差了点。最困难的主要是季节性用人，不然招人也没这么难，他们换工作也有成本啊。要是工人在我这里能够从4月份开始干到年底，只有一两个月不上班，我发基本工资给他们都行，但我们这里现在做不了这么长的时间。而且正儿八经出来打工的，也不是说想要耍着拿钱，他宁愿多做点事情多拿点钱。

创业者：胡峰境，男，1992年生。丰都县聆居生态旅游开发有限责任公司

访谈及整理者：冉利军

访谈时间：2021年3月15日

📖 访谈手记

民宿是一种文化，蕴含着经营者自身的独特气质和理想追求，比如民宿"聆居"的诞生就有一个浪漫故事。民宿和酒店风格不一样，就像胡峰境所说，酒店是标准化的，民宿是个性化的，来住民宿的人往往也喜欢民宿的风格。民宿在丰都是一种新业态，胡峰境们算是丰都民宿业的拓荒者，相比于海惠带他们参观学习的莫干山民宿等确有很大的差距。民宿作为一种理想的乃至乌托邦式的栖居之所，也需要经营者们直面和改善各种现实问题。

刘航飞：风里，雨里，我在盐马古道等你

返乡搞民宿，我是鼓了很大勇气的。都督这个地方穷，直到 2010 年才通客运班车。1991 年，我在武平读初中，当时一个星期五元钱生活费，每周单面步行五个小时左右回来拿生活费。小时候日子过得很苦，当时一心想要去城里读书，一心想要走出去，从来没想过还要回都督。后来我在隆兴摩托做销售，2014 年底跳槽到另一个公司当副总。那时候正好在重庆遇到都督乡的一个副乡长，他跟我说，都督很好，还给我看了都督日出的照片，建议我返乡搞民宿。副乡长的建议，慢慢地在我心里生了根。那个时候，我年收入有三五十万元了，但觉得自己始终是给别人打工的。加上对家乡的热爱，也想把家乡推出去，我就回来了。

修建民宿的"阻力"

有了这些想法之后，我就开车各地跑，看看别人如何搞民宿。当时要回来搞民宿，阻力很大，我妈、老婆都不理解。我与老婆 2012 年才结婚，2014 年我就想返乡搞民宿。我现在一年在都督要待 9~10 个月，有时候会回重庆去看看老婆和儿子。爱人后来也接受了我返乡创业，在改建民宿没钱时，老婆还给予了经济支持。

我们民宿是在我们家老宅上改建的。厨房那部分有 300 年的历史，住宿这边有 100 年的历史。现在共有 8 个房间，14 个床位。前后投入了 100 多万元，装修的时候尤其重视消防，木头材质，消防尤为重要。刚开始修的时候，就有人来吃饭了。我的广告语是"住百年老楼，吃特色农家菜"。我们回头客多，有重庆的客人一年来十几次。最开始是通过微信朋友圈推广，自己有个公众号在推。民宿的游客高峰期在 7、8 月份。长住游客的话，每间房收费 1800 元/月，不过我设定了一个标准，必须要 8 人以上，能凑够一桌吃饭。那种三三两两的长住游客，口味不一样，吃的方面不好调和。

以前，旁边有个邻居婆婆做饭很好吃，会过来和母亲一起给游客做饭。但过年的时候，婆婆去世了，现在就是我和母亲做饭、打扫。七八月份忙碌的时候会请人。这里也不好请人，都督乡户籍人口四千人，常住人口不到两千人。这里的特点就是人少地多，村里人大都种植烤烟，每年收入十几万元。在种烤烟之前，种玉米、土豆。这里绿化好，不存在塌方，也不在地震带上。所以，这里没有什么天灾人祸。

除了改造和聘人的阻力，当时我最大的阻力来自父亲。说句老实话，我这里，要是父亲不干涉，我还要打造得更好些。老人家的观念和我差异太大，他把我约束了。我爸是木匠，他就喜欢做那种四棱上线（形容棱角分明、线条笔直）的家具。我刚回来做木凳时锯不平，让我爸帮我锯一下，他就说你这个是烂凳子。但后面事实证明，我这个凳子在市场上更好。我现在这个木凳200元一个，一年可以卖100多个。他那个四棱上线的独凳，做一个要花两天的工，算便宜点200元钱一个工，光工钱都400元了，哪怕卖100元一个也卖不出去。后来他才认可了我的观念。一楼下面有几个字——风里，雨里，我在盐马古道等你。那几个字，是我花了700元买的木料，自己刻的。我爸就说，好好生生的一面墙，你给我乱七八糟挂些东西。我就说，为啥我要挂这些东西，是因为我看这墙壁太空了，不顺眼。

我镇上还有个门市，是原来的旅游接待中心。最开始是镇上装修的，我买过来之后，又重新装修了。我平时不住民宿的家里，而是住在镇上。觉得住家里，和老人合不来。我爸的个性太强了，大冬天早上可以5点钟把我喊起来，起来啥事都没有，只要他起来了，就要把我喊起来。但是，他恰恰不晓得，我们经常晚上要搞到一两点钟才睡，他不理解。所以，我后来就不在家里住了，我早上可以睡到十点钟、十二点钟。

很多时候，我确实很迁就他。我装那边那个房间，我现在工钱都花了三万多元，就是因为他犟。如果在我自己手里，我找人做，我花不了那么多。但在这里，想搞点啥事，只要他不点头，是搞不成的。他是属于哪种呢，明晓得这个事情是错的，他还要犟着做下去。他必须要完，做完之后，拆了重来都行，但必须要做完。

都督的景与人

当初退伍回来时，我定了个目标，要去以下四个地方：海南的三亚、黑龙江的漠河、新疆的喀什、西藏的日喀则。这几个地方属于几个极端，最南的三亚，最北的漠河，最西的喀什，最高的日喀则。但实际上，我到了日喀则之后，我还上了珠峰大本营。没想到只用了4年时间，我就实现了这个目标。我现在绝不去收费的景区，我要的就是原生态。我2003年时开始耍普者黑，那个时候那边还没开发，连吃饭都不好找地方。我耍怒江大峡谷时，我背着背包走了15天。这些都是我喜欢的，那些收费景区对于我来说没意义。我爬华山是全程爬上去、走下来。我对旅游的理解是不要怕负面影响。比如九寨沟的牛肉，全国都在说九寨沟的牛肉贵，但离开了九寨沟就买不到了。华山的长空栈道，女孩子吓得直哭，但她出来后会一直讲，那地方的确独一无二。都督的玄风古寺，全世界独一无二，一个独立的石笋两三百米高，四周都是悬崖，最窄的路只有三四十厘米，很多人都不敢走，但只要上去之后，一辈子都记得。都督的盖尔坪云海，我每年都要上去七八十趟，看日出云海。有游客的时候，我陪游客去，没有游客时，我感觉天气很合适，我自己也会去，雨后天气也很漂亮。牛背山我跑了五趟，大宝山跑了四趟，但我觉得那些云海，都没有我们都督的云海漂亮。我建议千万不要去看云海，这个东西会上瘾，真的。因为看云海日出，每天看到的都不一样，今天看了，老想着明天会是什么样。而且，我所描述的都督的美全是基于都督这个地方的自然风光，还没说这边土家族的民族特色。

有游客来民宿，我会全程陪同，这样会让游客对都督有更深的印象。我带着游客去看日出、日落、瀑布、峡谷、云林，晚上还为有需求的客户提供陪打麻将服务。很多回头客来这里，也不出去玩了，就在这里躺着，享受安静时光。每年的淡季是十月份到十二月份。十二月份以后，哪怕都督冬天冷得不得了，我周末也有客人。来赏雪的、杀年猪的，我能把他们"忽悠"来，其他农家乐没人来。春节之后，重庆人开始出来踏青赏花，那周末基本都有客人了，要把顾客的心理把握好。

我的生意全部是冲着我来的，要到我这里来的人都是提前跟我联系。我能够赶回来的时候，我想方设法也要赶回来。赶不回来的时候就告诉他，我没在，你还去不去？一般客人就说不来了，等我在的时候再来。直接来我这里的客人，我一般不接。因为我这里是柴火、铁锅，仅仅是汤就要煨几个小时，直接来了说要吃顿饭，我哪里来得及嘛！

为家乡作贡献的情怀

在吃饭房间的旁边，我希望打造成博物馆。目前花了8万多元，还没完工，仅是清朝时的雕花床，含有四层花板，就花了6万多元。桌子也是雕花桌。那个房间不是用来住人的，是要将那个房间做成博物馆。这样的话，来都督的人都会去我那儿。我还收藏了几百年的烟杆、农具（如背篓）。都督的背篓跟其他地方不一样，上大下小。因为都督烧柴火，人们背柴时大木头放下面，枝丫放上面。下面更重，稳定性更好。还有一种叫蚂蟥背的背篓，是以前背夫背的，那个东西很讲究，是整块木头挖出来的。中间挖空的部分用于放干粮，上面用两个枝丫张开可以放东西。下面是根据人体背部设计的，受力很合理。

我民宿的房间不多。民宿后面还有个院子，我准备花18万元买下来。但是，对方没有同意。他不同意卖，我就不敢去租，即使他说送给我，我都不敢要。民宿投资太高了，我今天投进去，明天他就可能来找我说这说那。所以不能租，最难的就是和农民打交道。另外，这里目前还是受道路的制约。丰都到彭水的二级公路通了之后，人流量会更大。

直到今天，我也没挣到什么钱，但感觉自己很有成就感。以前做销售的时候，怕电话响，都有"电话恐惧症"了，但现在希望电话响。通过返乡搞民宿，我带动了当地一些人的发展。我把车友会的很多人拉进来，海峡两岸车友会、沃尔沃车友俱乐部、帕杰罗俱乐部，把这些人拉进来。曾经最多的一次，有100多辆车过来。我的接待能力不够，就去镇上酒店住，带动乡村发展。让乡村的人一起做民宿，免费帮村里人介绍客源。

农淘公司是2018年注册的，每年销售额七八十万元。都督这里的土特产好，来这里旅游的客人都要买点儿回去。不仅如此，我还在重庆游轮上卖丰都特产。为了做这个生意，我把丰都的产品商都跑遍了，比如光明、恒都、富丽华（香肠）、仙家豆腐乳等产品。我被评为"重庆市十佳电商带头人"。下一步，我想搞抖音来销售。

我很喜欢都督。我最担心的是隔了一两辈人之后，老家是哪里都不知道。所以，我要多带孩子回乡。也希望通过自己的努力，能带动更多年轻人回到家乡，让更多年轻人记住"乡愁"。我计划以后自己和爱人经营民宿，每年营业三五个月，剩下的时间和爱人一起周游世界。

创业者：刘航飞，男，1979年生。丰都县农淘电子商务有限公司
访谈及整理者：李海燕
访谈时间：2020年6月17日

访谈手记

都督，一个富有特色的地名，一个景美人美的地方。在刘航飞的讲述中，我们仿佛看到了都督的云海、日出、峡谷、云林等美景，仿佛摸到了那老房子的墙壁，读到了墙上的文字，尝到了他煨的汤。这就是刘航飞的民宿，一个有趣的人打造的有味的民宿。这里，有浓浓的乡愁，悠悠的情意，也有多彩的民俗风情。走，游都督，住民宿。

张晓茜：我知道城里人想要什么

创业的缘分

我先生（赵长富）以前在房地产行业上班，而我就在他们公司楼上上班。偶尔公司间合作，或者借用等常走动，让我们慢慢熟络起来，有时下班后一起吃饭聊天。后来我们发现，除了工作，在生活上我们也有很多共同的话题，于是一年后确认了恋人关系。

其实就在当时，追求我的也有好几位，也有家人和朋友介绍的。我又是初入社会，于是在交往前，我约上我妈妈和赵先生一起吃饭，我妈觉得他性格好，虽然话不多，但待人接物有礼貌，也很客气。此后我尝试和赵先生接触。然而，我爸是一位传统的老人，他年轻时当过知青，曾在农村生活过几年，认为赵先生乡下出身，农村生活很苦，设施条件也差，害怕我会跟赵先生过苦日子，他就一直不接受我们恋爱的事。哪怕过了好几年，我爸虽然嘴上不说什么，但他心里还是不接受赵先生。直到 7 年后我们结婚，赵先生能名正言顺地经常走动，常去看望他们，我爸才真正地接受了他。

2009 年、2010 年赵先生已经开始自己创业。2009 年，他觉得养殖业有市场，就返乡养殖了几百头山羊。当时国家对返乡创业还没像现在这样大力扶持和帮助，于是赵先生自己摸索着，包括羊的病害防御、帮母羊接生等事情都要学。正是因为这一年我们聚少离多，感情产生了问题。最终他为了能和我离得更近一点，放弃了才开始有点起色的事业。我现在还为这事感到遗憾，总觉得要是当时勇敢一点，能放弃不错的工作跟他回农村，他的创业路会不会没这么曲折。不过赵先生总是很乐观地回应"舍得舍得，先要舍才会有得嘛"。

那时，赵先生回到城市继续创业，开始做运输和水果批发。因为他对市场有一定的了解，学习能力也特别强，他不管到哪个领域，只要有人稍微一带，他很快就能上手。那几年收入还是很不错的，但因为长期夜晚工作（从凌晨 1

点持续工作到早上 6 点），整个人的生理周期被打乱，他的抵抗力变差，出现系列的健康问题，如长期咽喉发炎，后面又引起过敏性哮喘，呼吸道对空气中的花粉和尘埃过敏，特别是开春立秋是最严重的时候。在 2017 年到 2018 年，赵先生严重到因为痉挛引起呼吸困难，肺功能变弱，他不停咳嗽，晚上没法正常睡眠，只能坐着休息。那整整两年基本就是这样一个状态，赵先生隔三差五地去医院。我和我爸妈三个人轮流照顾他去医院。因为店里还需要继续经营，于是我选择了离职，一边兼顾店里事情，一边和父母照顾他。

发病初期我们俩也商量过，要不要放弃现在的事业，换一种生活方式。在 2017 年初，赵先生买了几千棵腊梅苗，种在老家闲置地里。我们想着可以像重庆北碚静观镇一样发展腊梅基地。但由于管理不到位，欠缺经验，现在只剩一百来棵树了。这让我们觉得种植不是种下它自个儿长，还是需要除草、施肥、打药、修枝等。

腊梅大面积死亡，加上赵先生身体的原因，2018 年底我们决定回到赵先生老家——丰都双路赵家坝村，重新开始创业。前期我们做市场调研，并得到丰都县农委彭老师、农广校廖校长支持，让我们学习植物病虫防控、果树嫁接技术，也向致富带头人学习。这些让我们对未来规划和目标更加清晰：做四季果园和乡村民宿。

我离职前是从事教育行业，明白父母在饮食方面的要求，在教育方面的期待；我和赵先生在大都市打拼过，也明白都市人的生存压力，他们需要换个环境，放松一下自己。基于这样的大环境以及我们拥有的社会资源，我们找准自己的目标客户群：有小孩的中产阶层的家庭，都市忙碌的白领。在公休日或休假时，他们愿意开车出行，来到乡下度过。有人来的地方就有需求，有需求就有市场。农村健康绿色的蔬菜、水果、家禽，这些在乡下人看来不起眼的土货，会成为城里人的香饽饽儿。我们还计划开展亲子活动——食农教育，为城市孩子提供更多的自然学习空间。

我们回乡创业，还有一个渊源是觉得老家很暖心。这些是不可以用经济指标来衡量的。我们做的这些事情，村民很认同，让我们感觉很舒服。在城里，好像什么都花钱，但农村里就不一样，有时候人们会给你点儿东西，心里都自然很暖，不像城里比较淡漠。另外，作为 80 后，赵先生觉得如果我们在城里生活，他父母没得孩子陪伴；我的父母在重庆有退休金，只要生活品质起来了，在哪里生活都是一样。我想的就是在农村给他们找一块儿地方，即使后面我做成了，我也会另外找个地方给他们养老。这里得到一部分人认可的情况下，我会做养老这块儿的一些东西，那环境也适于养老。我们村里的老人很长寿，虽说没有完整数据，但七八十岁的老人，现在还在种地养猪的不在少数，90 岁老人还能穿针。我也在想如何把这个场景展现出来。可能是村里水好、空气好、食材无污染，保证了居住在此的老人健康长寿。我们那里的人 90 岁的多，我知道的就有六七个老人，包括我奶奶。我们村平均年龄都比较高。

无尽的事务与劳作

有了这些想法，我们开始着手整理家里闲置多年的土地。老家因为整体发展滞后，青壮劳动力都外出打工，家里多是留守老人。所以整理土地的事，全是我们两人自己干。为了提高工作效率，我们还买了微型旋耕机、背负式除草机、油镐等大大小小的很多工具。整理好地块以后，我们开始给果树苗打窝、施底肥。这一干就是近两个月，不间断，无休息。做完这些前期准备工作，我们俩已经累得虚脱，赶紧休息了十来天，才慢慢缓过来。这时我发现这和此前想象农村创业完全不同，没有大家所说的"诗和远方"，只有无尽繁琐的杂事。

2019 年，果树终于栽种下去了，开春之后却是病虫害蔓延。雨水变多，开沟不到位；潜叶蛾、红黄蜘蛛防控不及时，导致植株长势弱，叶片颜色不好，嫩梢发育不良等情况。没经验，没技术咋办？我们就找到县农委科教科、县农广校，把遇到的情况告诉他们。在领导和老师的帮助下，我们参加了果树专业培训。加上国家这些年对返乡创业青年提供人才提升平台，我们俩也参加了高校的考试和面试，成功进入了重庆三峡职业学院的植物保护与检疫技术专业。

可能人们有时候觉得我们的东西很概念化，实际上我们在操作过程当中要面对很具体、很专业的事情。让我们觉得很意外的，就是小时候果子没这么多病，现在病虫害越来越多，而且有些还不好治，比如猕猴桃溃疡病（完全是灭顶之灾），柑橘溃疡病（虽然可控，但效果都不太理想）。老人们只是觉得有病打药，无病施肥，可没想到过量使用这些会有害，也会影响土壤的酸碱度，直接影响苗木的生长情况。再加上我们丰都这一带处于长江沿岸，温差不大，湿度高，结的果子不酸也不甜。我们不是设施农业，无法控制温差，那就通过有机肥料，慢慢调节土壤肥力，比如说把桔梗捂熟、羊粪捂熟等。还比如钾肥，它就是增甜，但钾肥不能太多，钾肥太多的话，又会裂果。我们出去学习到生物菌肥发酵就很好。我们用粪便，粪便里面微量元素就不一样，就可以针对性地提高土壤肥力。还了解"要健树，先壮根"，把树健强了，以后果子口味这块就可以通过有机肥来调理，而且树壮了，修枝整形等工作一跟上，病虫害也会减少。这样的话，防控药就可以少用点，这样才能真正做到绿色有机。

现在大环境对农业和创业农民都是积极帮助，形势很好。海惠正好也是在2019年底进入丰都，帮助正在创业的青年。在我们迷茫的时候有幸加入了这个项目，让我们乡村民宿发展得到了更多帮助。在县农委彭老师的支持和植保专业老师团队的培训以及海惠的帮助下，我们的种植技术和乡村民宿开始慢慢走上正轨。

我们那边有一片六七百亩的板栗地，十多年前种的，但没人打理，荒了一段时间了。去年回来后，我们觉得这正产果的时候，没人管，确实可惜。有段时间就遭干旱了一段时间，果子品质不是很好。那段时间，我刚好上职业经理人课，学了半个月，然后又到河北去了。我回来时，板栗全部没了。全是城里来的人，有我们家乡的人，也有不认识的人，把板栗摘了。我觉得那么好的资源没管理，没利用好。去年就申请了一些经费，用来做病虫害防治、修枝整形，想把荒废的果园管起来。去年做了一年，一直做，可能两三年过后就会形成气候。板栗林以前一直没人管，所以先要做一件事情，就是一定要对板栗树修枝整形，让树慢慢矮化一下，不要让果子只结到树顶，因为结在树顶的话，植物它会有一个顶端优势，永远是顶上长得特别好，周围的不挂果。周围的树叶不停地吸收营养，但又不挂果，产量就会特别低，所以想把上面剪掉，让周围也挂果。这样的话一方面好采摘，另一方面产量也会比较高。

我们通过换地或者租地的方式，把房子和果园连片。换地这些事情，赵先生是当地人，这一片的人家几乎都姓赵，所以大家还是很支持。他本身也乐于助人，比如哪家的管子坏了，也都喊他去修。乡亲们觉得他从大城市回来，有见识，说话办事有水平。

一切皆有可能

我们一直都想着，除了果园，还需要改建农房，把它变成现代的民宿。不管是城里人，还是年轻的农村人，他们问我们的第一句话就是，你们那儿能洗澡吗，吃得怎么样，住宿方便吗，厕所是怎样的？这些提问让我们加速卫生间的改造工程。

我们俩多方沟通，终于把 WiFi 引进来，现在年轻人回家，能上网了；我们又修了一个公厕，为过往的人提供便利，村里老人看在眼里，记在心里，觉得我们俩年轻人为本村组做了好事。我们在院子角落修建了一个冲水式的公共厕所。房间也是套间，有独立的卫生间，不再是以前那种旱厕，又臭又脏，还很多蚊子。其实我们这次厕所改造，让周围老百姓看见和使用，他们感到前所未有的方便、干净、卫生。想着孩子们回来也能有城里一样的卫生环境，老人们也积极加入了厕所改造队伍。赵先生也在教村民修枝整形，陪着他们一起做，最终想让周围的年轻人和村民都回来做，因为确实荒的土地太多了，很可惜。这两年，年轻人感觉到村里的变化，开始有了"我也想回来创业"这样的想法。

未来的乡村民宿和四季果园，房间搞得和城市一样，大家能真正舒服地住上一两天，呼吸乡村新鲜空气，吃健康蔬菜。这些就需要像我们这样的人，把这样的状态呈现给大家。这样的"样板间"暂时让小部分的人能够体验到农村的产品和文化。未来我们想把"样板间"在本村组推广，用这样的模式，在每家建一个不同风格、不同主题的乡村民宿。民宿主体小，就3～6间房，能照顾好客人隐私，农户与客人有交流空间。这里农户不多，很零散，可以把他们全部串联起来，有特色地去做。满足一家几口、闺蜜朋友几人聚餐；小孩关于农文化的了解和体验。我们不需要做成大型田园综合体。

我们那一块儿很有优势，人居稀疏，自然风光不错，水源也好。民居在山腰，山下是一个小溪，可以玩水、烧烤，站在山顶可有更辽阔的视野，能看到一大片风力发电的风车。把这些连起来，我们这里不就成了一个全方位的度假村嘛！这样的综合体，不是人工打造，而是自然呈现了山地该有的层次感，把山路陡峭的劣势变成优势。以后山路装上太阳能路灯，蜿蜒盘旋，加上民宿灯光，乡村夜景也是别有一番风味。

除了看风景、爬山等自由活动外，我们想把竹编也纳入民宿体验，当地原材料非常丰富。大人和小孩一起参与竹编这种传统手艺，做好的成品可以带走。另外，可以进行亲子游戏——食农文化。我们把闲置的土地利用起来，让成为会员的客人，可以一年四季在这里栽种蔬菜，也让孩子们认识植物开花结果过程。收获时还能在民宿里自己利用农家土灶烹饪，自给自足。通过这么长的周期体验，让孩子更懂得食物的珍贵，懂得珍惜。这样也能让当地聚集人气，提高知名度，帮助农户的农产品销售。

不过，这一切都需要先把房子建起来，我们定在10月7日开工，这个日子是风水先生看的。家里老人觉得春节就出事（指发生疫情），不好。而且又闰月，闰四月嘛，也不好，所以就把日子推迟到10月7日，这方面我们还是听老人的。现在整体规划还在初级阶段，村民看不到实质的效果，就不会全面参与。等我的房间修好，自己的朋友或者客人来了，有需求了，到供应不上时，那就拉上周边农户一起干，这样农户才更愿意。现在国外有种理念叫"共享""居住交换",以前叫"沙发客"。丰都鬼城以前在国际上还算是有名的旅游城市,在老外的心里也是排得上号的。但是这几年很少看到老外来此旅游。我未来还想通过"爱彼迎""Booking"平台传递丰都旅游。长远来看,海外群体也可作为我们第二个市场。

家乡情怀与政策期待

这里离县城并不远,但它是双路镇行政区的边上,关注度不太高。离这里车程约5分钟的莲花村,有集市,他们的房屋都是政府帮忙修建的,建得特别好。那里的人口流失程度就不高,因为有好的交通,引来旅游产业。我们村是两镇交汇处,没有政府支持,没人去推广,这也是我们想回来发展的原因之一。其实我们地理位置不错,但路况差,农民种点东西出来卖,从我们那里到丰都坐摩托车,一个来回就要60元,卖点东西的钱还不够车费。如果有城里人来,农户就能在家门口把东西卖出去。

我们常常参加创业比赛,一是想让别人知道我们丰都有个赵家坝村,二是我们觉得参赛的同时,也是在做市场推广,只是推广的效果不是马上就能看到。所以现在我们一边打造民宿和果园,一边到外面参赛。这样的推广既不要钱,还能结交五湖四海的创业朋友们。

今年我们这里刚好被选为丰都县"十四五"乡村振兴试点村,借助政府力量,加上自身的想法,让别人知道我们这个村,知道我们在做这个事情。现在还处于发展初期,存在的问题也比较多。主干公路窄不好会车,田地间没机耕道,便民路没有,我们村组连一个像样的沉淀水池也没有。基础设施建设还是只有靠政府牵头才能完成,我们只是配合。我们已经向村和镇政府申请修机耕道和沉淀水池的计划。要是只靠我们自己的力量去修的话,根本无法完成。我和赵先生还想着那一片板栗林,希望把便民路延伸过去,便于管理,能产生更好的经济社会效益。

观念的转变

海惠带着我们实地参观浙江莫干山民宿,让我对房屋及院落设计有一些变化。但是我们建房没有包给施工队(如果包给施工队,他们在细节方面很可能不会根据我的图纸去建,图纸并非出自专业设计师,是我自己画的,比较理想化),所以全程都是自己监工,反复地和工人沟通,不断调整修改完善。浙江的学习带给我们思想上的冲击很大，感触最深的就是"青山自然学校"和"图书馆"。村里引入北京大自然保护协会，联合阿里、万向信托创建国内首个水基金信托，构建了环保、公益、商业、金融一体的平台，有效解决了生态保护与经济发展的矛盾。还有当地"新村民"，也是和我们差不多年纪的青年人，他们吸引和带动了当地旅游发展。"新村民"的眼界、生活态度等让我们记住了他们这一群年轻人。所以"让人记住一个地方，先让对方记住人，这样地方更容易被人记得"。海惠还带我们去河北围场学习参观，了解那边的牛羊养殖，与生态平衡发展相结合，他们把有机农产品做得特别好。

我以前没做过农活，连简单的挑东西、挖地都一点不会，现在也陆陆续续慢慢会了些。也知道果树病害该如何用药、何时防控，也会用果树嫁接技术更换品种等。因我是生长在重庆城里，也没见过植物生长、结果情况，以前甚至都不知道花生长在土里。我侄女有一次来这里玩，她拔个萝卜好高兴，看着挂果的蔬菜眼神都在发光。城里娃看的是高楼大厦，耍的是电子产品，或许他们很聪明有见识，但对自然的敬畏心是没有的。这些让我觉得现在做的事，是非常有意义的。

我爸妈2019年国庆来过一次，当时只有两个房间，她看得直摇头。我爸觉得位置偏，这里基建差，主路窄、难会车。现在我妈妈的同学跟我聊天，觉得我们俩想法好吃得苦，他们就想要带自己小孩和孙儿来农村体验。我妈他们五六十年代的人，也有这方面需求。城里很多人都会有这个想法，苦于没有好的资源。所以说我们手上有城里的资源，再加上赵先生手上农村的资源，我们想把它很好地结合起来，不就有了市场嘛。我爸妈回去后的失落感也在慢慢减轻，觉得我俩是金子哪里都能发光。后来遭遇新冠疫情，彻底改变了父母观点，也是这次他们开启了全面支持我们的态度。特别是我爸，希望我们弄得再快点，留一个房间、一块地，用来回顾他当年的知青生活。他有一种被我们带回到他年轻时候那种状态的感觉。以前他不会这么觉得，他以前都觉得我们傻，觉得我们回来做这个事情，我们的未来怎么办。现在他不这么认为了，他现在觉得城里的生活也就是方便点、富裕一点，我在农村生活拮据一点儿，但吃得健康点。父辈的生活理念改变了。

我们返乡创业，公婆最初也不太支持，他们觉得城里好，回农村没出息。婆婆是传统妇女，嘴上不说，只是默默为我们解决饮食问题，公公是大男子主义，他似乎觉得我们回来让家族有些没面子。不过，随着对他们的承诺一件一件实现，看着我们为村里做的事，公婆的态度也有了改变。

现在，我们虽然走得很累，所有事情都是亲力亲为，但看着院子一点点慢慢成形，也很享受这个过程。未来需要解决的问题是，我们俩没有固定收入，暂时只有卖一点土鸡蛋、土鸡等，现在想过小康，后面还要努力才行。现在政策真的好，政府和公益机构都在帮我们成长，每一次出去学习都有收获，包括海惠组织的课堂学习——高老师的经济、管理方面；陈老师一对一服务，在项目推进方面也给我们很多灵感。我们的这些想法和框架确实很大，可能现在还看不到东西，但我并不会因此就放弃。初创周期会很长，我们两个都有这个准备。我可能没有办法在两年内完整地呈现项目，但未来会为赵家坝村做点事，改变大家对农村的看法。

创业者：张晓茜，女，1985 年生。丰都县富诺茜生态农业专业合作社
访谈及整理者：李海燕
访谈时间：2020 年 10 月 4 日

📖 访谈手记

    赵长富和张晓茜夫妻共同创业，共同追求"诗与远方"。尽管创业路上有无尽的琐事，但他们的劳作、学习和努力，让自己得以成长，让老家生活条件得到提升，也改变着人们的观念与看法。他们"一起向未来"，他们的理想在家乡慢慢生根发芽，慢慢变成现实，他们事业的影响也在慢慢扩大。这就是创业价值之所在，也是一种值得拥有的生活。

结　　语

　　曾经，为了诗与远方，离开家乡。殊不知，家乡也有远方。家即远方，这是返乡青年创业叙事呈现出来的城乡之间、过往与未来之间、理想与现实之间的复调生活。这些创业者曾背负行囊，离乡进城，或求学或打工，谋生发展，闯荡历练，追寻自己的理想与远方；又在家人、家庭、家乡的召唤下，纷纷返乡创业，在家乡成就远方。

一、家的影响

　　家，是中国人意识深处的底色，是中国人构建社会关系的出发点，是中国人的一种情感寄托与人生归宿。支持也好，束缚也罢，家的影响无处不在、无时不在，它影响着一个人的行动和观念。在前面这些创业叙事中，有的是为了照顾家人而返乡创业，有的是为了谋得家庭生计发展而创业；有的是家人一起创业，有的是家人提供财、物、精神等各方面支持。在创业叙事中，总会谈到家人对自己创业的态度，谈到家人对自己创业的支持与影响，谈到自己创业对家庭发展和家庭生活带来的变化。这些都说明，家在创业中提供一种或隐或显的动力和支柱。

　　另外，我们看到家庭观念、家乡传统、家乡的社会资源网络，对创业者们的行业选择、创业过程都有直接影响。青年返乡创业，既有利用家乡社会资源网络的理性，也有希望以自己在远方获得的经验建设家乡的情怀。返乡创业青年，他们身上既有远方，又有家乡。现代性与乡土性在家乡创业中交织，身处其中的创业者，则兼具创与守的气质，灵活运用着来自现代与传统的多重观念、力量、资源，不断前行。

二、对远方的向往与回望

　　在乡下，山的那边、河的流向，就是远方；城市就是向往的远方。游子离家，商贾远行，出门在外，处处皆是远方，但最挂念的那个远方是家乡。返乡青年，带着在远方拼搏而来的知识、经验、关系、资本乃至失败，回到家乡，重新发掘乡土传统，发现市场需求，进入市场体系，以产品和服务连接家与远方。带着创新创业的眼光回望，家乡并非一穷二白，并非毫无特色，而是可以将家乡的产品与服务，通过市场体系、网络送达远方，也可以吸引远方的人、远方的资本、远方的观念、远方的理念，来到家乡落地生根，以家乡成就远方，以远方成就家乡。在当今全球化时代，地方与全球互联互通，家乡具有地方性，也具有全球性。在创业实践中，地方性产品通过市场网络得以向全国乃至全球扩展，全球性通过市场、社会等多重联系得以在地方社会落地。在这个意义上，家即远方。

此外，在时间上，于现在，历史过往是远方，展望未来也是远方。我们看到，有的创业者尽力回到传统、坚守传统，沿用传统的手艺，保留传统的味道，这实则也是一种对历史远方的追寻。创业者对未来的展望，也是一种既关乎家乡又关乎远方的设想与期待，是想将家乡建设成为理想中、想象中或记忆中的模样。

三、海惠：另一种远方的力量

海惠，作为一家专注农村扶贫与乡村振兴的社会组织，为这些家乡创业者们提供了另一种来自远方的力量，可以说为创业者们打开了眺望远方的另一扇窗。如创业者们所说，海惠提供的不仅仅是资金支持，更多的是对创业者自身能力的提升；海惠为大家搭建交流的平台，给大家提供外出交流学习的机会，给大家带来规范化的创业管理理念，打开了创业者的思维和视界。海惠提供针对性的创业讲座、学习课程、实地参观，乃至一对一的创业辅导，提振了创业者的信心和热情。暂且不论这些帮助的实际效果，海惠远道而来实实在在地提供帮助，让创业者们感受到来自社会的认可与关注，这对他们坚持创业、坚持带动地方社会、坚持促进乡村振兴，是一种无形的精神力量。海惠对青年创业项目的深度参与、公益付出以及整合资源解决问题的效率，也为创业者树立了榜样。所以，海惠作为一种外来力量，也联系着创业者的家乡与远方。

后　　记

　　如果说编写本书对于我们是一次创业，那么后记就是我们的一种创业叙事。这个叙事的主题就是感谢，也借此机会对这次创业作一点反思。

　　创业信息来源：我的博士同学邹乔深耕成都公益服务多年，在了解到一个丰都创业青年口述项目正在寻找合作伙伴时，觉得我和李海燕符合项目要求，因为我们接受了民族学人类学专业训练，而且都是丰都人，也以丰都为田野点做了硕士、博士论文。在征得我们同意后，她就通过朋友向项目方介绍了我们。经双方接洽后，四川海惠助贫服务中心把口述项目委托给我们。可见，即使在当今信息化时代，学缘、地缘、业缘等社会关系也是创业信息的重要来源。

　　创业支持网络：本书的编写、出版作为四川海惠"重庆市丰都县青年创业支持项目"的子项目，得到了汇丰银行的大力资助和丰都县农业农村委员会的鼎力支持。我们在调研、访谈过程中得到了汇丰村镇银行和项目在地执行伙伴彭江涛先生的具体帮助，在此十分感谢。感谢创业者们的充分理解与支持，他们的知无不言、言无不尽，特别是在知道我们是丰都老乡后，更为亲切、有效的交流，是本书得以形成的关键。感谢四川大学出版社曾鑫先生的专业指导与悉心编校。感谢四川海惠助贫服务中心的信赖，让我们有了这样好的了解家乡、了解创业的机会。感谢王冬胜先生和陈太勇先生为本书亲笔作序，感谢项目总监张勇先生的专业意见和项目指导，感谢唐添虹女士全过程、全方位的组织、支持、沟通与监督，并精校文字、精心配图。感谢先后在此项目实习的吕姝玮、王力、宋军颐、林淑如等同学对书稿的阅读和提示。感谢大家的支持，眼前这本书在某种意义上可说是我们共同的作品，这也正说明一个创业项目的完成，有赖于来自政府、市场、社会等方面的多元主体、多方力量的共同支持。

　　创业期待与试错：本项目的初衷是记录创业故事，呈现创业历程，展现创业精神。在整理文稿过程中，为了更好地呈现访谈语境和口述风格，我们把一些当地的方言词、语气词等都原本地记录和呈现。不曾想，这种话风、文风非常影响阅读感受和传播效果，而我们由于是当地人未能发觉。在海惠和出版社的老师们指出后，我们才意识到问题所在，并做了必要的调整。从这个角度看，创业产品确实需要考虑市场范围和受众特点，如何辩证地把握标准化和特色化，是创业者需要思考和应对的问题。

创业收获：本书是此次创业的直接成果，展现了丰都创业青年的奋斗历程和时代风貌。在此过程中，我们感受到了家乡欣欣向荣、积极向上的创业氛围，增长了见识，收获了诸多友谊，发现了一些研究议题，得到了一些反思，这些都是此次创业带给我们的一笔丰厚财富。由于我们的学力和时间有限，本书可能存在一些纰漏与瑕疵，敬请各位方家批评指正。

冉利军

2022 年 6 月 1 日于成都